新しいゲーム始めました。
▶ WE'VE STARTED A NEW GAME.
《～使命もないのに最強です？～》
7
ILLUST.▶▶▶塩部縁
Presented by Jaga Butter
Illustration by Enishi Shiobe

CHARACTERS

WE'VE STARTED A NEW GAME.
Presented by Jaga Butter
Illustration by Enishi Shiobe

シン

LV. 32 RANK▸C

職業　魔拳士／鍛冶士

HP▸1106 MP▸966 STR▸107 VIT▸35 INT▸23
MID▸11 DEX▸12 AGI▸53 LUK▸14

ホムラの友人でネトゲ仲間。脳筋、目の前に敵がいればとりあえず殴る。レオと時々行動がかぶって二垢と言われることもしばしば。仕事は残業が多目。

ホムラ

LV. 38 RANK▸C

職業　魔法剣士／薬士(暗殺者)

HP▸1408 MP▸1887 STR▸101 VIT▸55 INT▸205
MID▸67 DEX▸67 AGI▸111 LUK▸119

主人公。感覚はいたって普通なつもりなマイペース。生産用の名前としてレンガードをつける。得意技は立つフラグを無視して、まだ立たないはずのフラグを回収すること。仕事が不規則で友人たちと時間が合わないことが多く、ソロが多い。のんびりした性格の割には、魔物との戦闘は好き。

菊姫

LV. 32 RANK▸C

職業　戦士／裁縫士

HP▸1431 MP▸920 STR▸108 VIT▸64 INT▸16
MID▸15 DEX▸15 AGI▸23 LUK▸14

ホムラの友人でネトゲ仲間。剣士、後、戦士。小さいキャラ+でっかい武器でどっかんどっかんするのが好き。朝出勤、夕方上がりの勤め人。

LV. 33 RANK▶C ペテロ
職業 密偵／鍛冶士（暗殺者）
HP▶1044 MP▶1159 STR▶16 VIT▶14 INT▶38
MID▶14 DEX▶109 AGI▶131 LUK▶14
ホムラのネトゲ仲間。キャラなりきり縛りプレイが好き、爽やかにひどい。ホムラよりさらに仕事が不規則。
LV. 33 RANK▶C お茶漬
職業 聖法使い／鍛冶士
HP▶1003 MP▶1294 STR▶20 VIT▶32 INT▶49
MID▶173 DEX▶13 AGI▶39 LUK▶14
ホムラの友人でネトゲ仲間。要領よくゲームを進め、金を稼ぐタイプ。自営なので長時間いる。昼間は他の友人と遊ぶか生産に当てている。
LV. 32 RANK▶C レオ
職業 密偵／鍛冶士
HP▶1001 MP▶1018 STR▶15 VIT▶15 INT▶15
MID▶19 DEX▶86 AGI▶153 LUK▶14
ホムラの友人でネトゲ仲間。そのとき興味があるものにすぐ手をだすため、行動とスキル構成が謎。釣り好き。朝出勤、夕方上がりの勤め人。ただ夜は睡魔に負けて1時が限界。

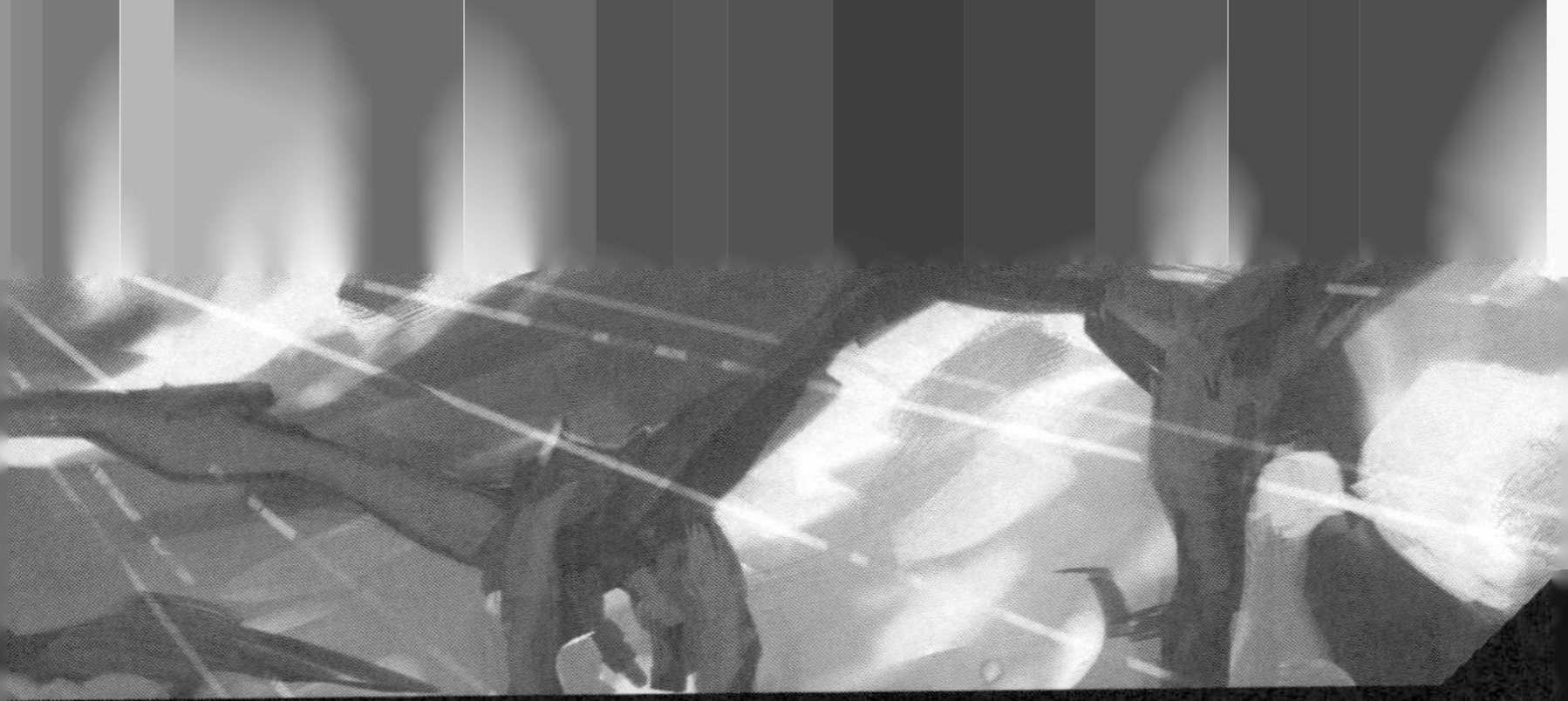

PART7—CONTENTS ▶▶▶ 目次

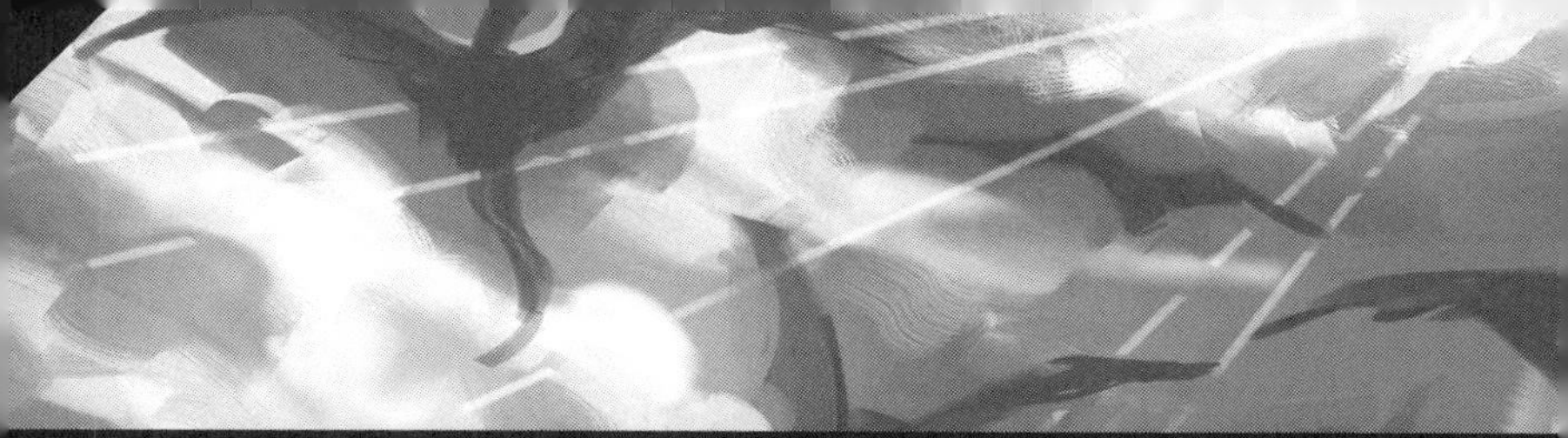

プロローグ

最近何時も吹いていた強い風が止んだ。

ギシギシと軋んでいた窓枠や、扉の音、木々を鳴らす唸《うな》るような風切り音が突然止まり、静寂が訪れている。部屋でぬくぬくと温まり、眠りにつく住人たちには幸いだろう。

しかし、具合の悪そうなカミラを気遣いつつ、夜の森を行くガラハドたちにとって、久しぶりに訪れたその静寂は、虫たち或いは小動物が捕食者たちを恐れて息を潜めているかのように感じ、不気味に不安を煽るものだった。

「くそっ！　神殿を押さえられているとは」

ガラハドが、すぐに思考を切り替えるこの男にしては珍しく何度目かわからない愚痴を吐く。

「ただの嫌がらせだろう、あの方にとっては一言声をかけるか一通書類を書くだけの労力だ。もう国境を越える、騎獣も『転移石』も使えるようになるんだ、楽になるぞ」

「こうなるとあの人も嵌《は》められたんだな。オレは馬鹿だ」

古い昔に打ち捨てられた道を行く。

街道の石はとうの昔に剥《は》がされ、獣道よりは多少マシなだけの山道。辛うじて残った石も木々の根に押し上げられ、通る者の足をすくう。

ガラハドがあの方と呼ぶ、初代の王の時代から存在する偉大なる魔導師の力は、国の隅々まで行き渡っている。信じて疑わなかった時は頼もしいと感じたその力は、今では忌々しい監視の目に感じられた。

「あの時は仕方がない。まさかあの方の在り方が傾いているとは誰も思わないだろう」

建国以前から帝国の東の森に住む大魔道師。帝国を思う何事にも揺らぐことのない賢者、多くの者が今もそう信じている。

言っても無駄だろうと思いながらも、イーグルは自分を責め始めるガラハドに、仕方がないことだと伝える。

無駄だと思うのは、あの時ガラハドと同じ行動をとった自分を、イーグルもまた許せていないからだ。ただ、いつもは苦境にあっても笑っているようなこの男の、自分を責める姿はあまり見ていたくなかったので。

「オレはあの時、あの方を信じてあの人の討手に加わったんだ」

絞り出すようなガラハドの声に、今度はイーグルの喉にも白々しい慰めは出てこない。

「やめて、あの時は全員があの方を信じたのよ」

ガラハドの背で弱々しい声が漏れる。

苦しそうな様子のカミラの言葉に、自分を責め足りないガラハドも黙る。黙ったところで胸に渦巻く不甲斐なさも後悔も消えないのだが。

あの人はもういない。

一　雑貨屋の主

ログインすると『異世界《こっち》』の夕方の時間帯。

雑貨屋にゆくとラピスとノエルが出迎え、左右から抱きついてきた。尻尾をブンブンと振りながら額をグリグリと擦り寄せてくるラピスと、パタパタと揺れる尻尾で遠慮がちにそっと額を寄せてくるノエルの、大分手触りが良くなってきた髪を撫でる。

獣人は回復が早い、もう飢えてガリガリだった時の面影はない。コケていた頬が子供らしいふっくらとした様子を取り戻すと、二人とも将来有望な美形さん。ロリコンやらショタコンやら誤解が広まりそうだが、うちの子は可愛い、これで尻尾がモフれたら最高なんだが。

これは人、これは人、ｎｏｔ動物、これは人、と心の中で呪文を唱える私。ヴェルスの試練よりも辛い。私はモフラーなだけでケモナーではないぞ、念のため！

心の中で己が欲望と闘っていると、カルが客が来ているという。撫でる手を止めると名残惜しそうに二人が離れて行く。カルやレーノが客を通すという状況がいまいち浮かばなかったのだが、誰だ？

レーノが休憩所から商談室という名のただの小部屋へ続く引き戸を開ける。何となく造ってしまったが、その場での売買のみなので必要がなかった。まあ、カルやレーノの控室に使うことも多く、無駄にはなっていない。売り場側に抜ける引き戸もあるからな。

「なんでここに居るんだ？」

中にいた人物を見て呆気にとられた。

「いやあ、はっはっはっ」

そこにいたのは、相変わらず無表情で抑揚のない話し方をするカイル枢機卿。

はっはっはっも、抑揚なくそのまま「はっはっはっ」、と読み上げられているようだ。神殿のトップがしがない雑貨屋なんかに来ないでほしい。

「すみません、外で待たれると却って騒ぎになりそうでしたので」

「ああ、ありがとう」

何だろうこめかみを押さえたい気分ってこんな感じなのか。現実世界でそんなジェスチャーしたことないぞ。謝ってくるカルに礼を伝えてカイル猊下に向き直る。

「ちょっとレンガード君と話がありまして。他は遠慮してくれますか？」

「イヤ、ラピスは主といる」

「聞かせられないような話を主にするおつもりなのですか？」

カイル猊下の退席してほしいとの要望に、端的に答えるラピスと、笑顔で問うノエル。ノエルさんや、神殿でお世話になってるのに何故慇懃無礼？

「これからレンガード君がお持ちの『黒くて』『硬くて』『立派なモノ』について、少し話したいだけですよ」

「は？」

カイル猊下が無表情で言い放った単語三つに思考停止している間に、レーノがお子様二人を回収して、私を小部屋に押し込み勢いよく戸を閉めた。端正な顔をしたインテリ眼鏡から出た単語はなかなか破壊力がある。

え、ちょっと待て、エカテリーナから【房中術】がばれた⁉　いやいやいや？　私、自分で言うのもなんだが、ムッツリなんでそういう話題を猊下と二人でするのはハードル高い‼　え？　ここは誰に助けを求めるべきなんだ？　適任は誰だ⁉　いやその前にこの世界でパンツ脱いだことないのに勝手に人のモノを……。

「あなたが所持している彼《か》の竜についてですが」

「バハムートか……」

わざと？　わざとですよね⁉　なんなのこの男、さすがエカテリーナの上司だなおい！　なんでこの男は無表情なのに突飛なことを言い出すんだろうと思いつつ、ため息を呑み込み向かいに座る。さすがヴァルの神託を受けるレベルの男である。

「ああ、やはりバハムートですか、幻術の類ですとうれしかったのですがね。白き獣はともかく、彼の竜まで配下に置いているとは予想外でした。ファガットの上層部が蜂の巣をつついたような騒ぎです」

「ああ、あれか」

情報早いな。ついでにもしかして、バハムートであることの確認のための引っ掛けだったのか。

「いずれは開示しますが、獣の封印が緩み、解けていることを公にするには未だ早いとの判断です。

ファガットは強大な『幻術』によるものとして事態を収束させるそうですよ。どうやったか知りませんが、証拠隠滅も完璧でしたしね」

闘技大会会場の、ステージ《あな》を戻したことか。

「開示してしまって、他の獣に備えたほうがいいんじゃないのか？」

白もバハムートもおとなしい（？）ので問題ないが、他の獣がそうとは限らない。

実際、獣の物語には人を支配し、喰い、国を焼き、隣人同士を争わせと、なかなかエグい描写がある。誇張されているにしても、半分当てはまっただけでアウトだ。

「民には、です。貴方が現れる前から、獣の封印の緩みに気づいた国も神殿も動いています。ただ、圧倒的に力が足りない。成長の早い異邦人たち冒険者を抱き込んで、レイド戦ができるよう戦力を確保してから、知らしめる予定だったんですよ。対抗する力も方法もないまま、大多数の力無き者に強大な敵の存在だけ伝えるのは危険です」

レイド戦はゲームで複数のパーティーが組んでボスなどに当たることだ。カイル猊下のニュアンスも、異邦人の冒険者や神殿や国――住人が大規模な討伐パーティーを組んでということのようで、大体一緒の意味のようだ。

「そんなに大事なのか？」

「もちろん大事ですよ」

あー、うん？　確かにバハムートと雌雄を決しろとか言われたらレイド戦でも泣くかもしれん。

「以前は素性の確かな自国民しか決して召し抱えようとしなかった国々が、有望な異邦人を抱き込み始めています。国だけではない、神殿や、各ギルドもです」

「ああ、仕官の話もちらほら聞くな」

国に所属すれば騎士や宮廷魔導師に、神殿に所属すれば、神官や神殿騎士に。自身の職業によって違うが、組織の一員として成り上がるようなロールプレイができる。それぞれ特典と制約があるらしい。

そういえばクランは冒険者ギルドだが、自分の個人所属は決めてなかった。上の命令に従わなくてはならないシーンがあるのは面倒なんで、もうこのままでもいいと思い始めているが、所属先限定のクエストもあるからな。

「そういうわけで勧誘です。貴方ハ神ヲ信ジマスカ？」

「何故片言⁉」

というか、この世界で神を信じない人がいるのか⁉　実際にいるのに。ああ、存在を信じるのと導きを信じるのとは別か。

「存在は信じるが、信仰は持ってないぞ」

信仰を持つのは、迷惑神とかパンツとかパンツとかマッパなイメージで難しいです。

「所属しているだけでいいのです。この場所《ざっかや》は何れ知られます、勧誘があちこちから来ますよ。ファガットの上は、何故か貴方に好意的ですので彼方に所属する手もありますが、その場合『国に所属している』という事実づくりにファガットに引越依頼がくるか、国主催の夜会の招待が雪崩のようにくるか、対外的に国からの命令を聞いている風な演出があるかもしれませんね」

「夜会……」

　討伐依頼ならともかく夜会とな？　無茶いうな、聞くだけで面倒臭い。あとクランハウスはファガットの島予定ですが、その場合タダになりますか？

「まあ、上層部が好意的でも貴族・国民と国は色々面倒ですので仕方がないでしょう。その点ここの神殿はいいですよ、何せ私のワンマンです」

　それは嫌な神殿なの良い神殿なのどっち!?　ファストで神殿の悪口を聞いたことがないので良い神殿、なのか？

「私は魔法剣士で欠片も神殿に引っかかってないと思うのだが」

「神殿騎士、神殿闘士、神殿付きの薬術師、様々な才能から絶賛募集中です」

「……」

　無表情抑揚無しで間髪を容れずに絶賛とかいわれましても……。

「ファストの神殿は貴方を一切束縛しないとお約束しますよ。私の下につくわけでもなく、ただ貴方の好意で神殿に所属している風を装います。幸い、ファガット国が貴方に好意的なため、名のみの所属でうまく転がりそうです。下手をすると、国から討伐命令が貴方に対して出てもおかしく無いレベルな自覚を持っていただきたい。このままですと、貴方の自由が損なわれる。風の神ヴァルはそれを望みません」

　ぐふっ。ズボッと行くだけだと思ってたら予想外の穴が空いたんだ、仕方が無いじゃ無いか。

「神託か。貴方は何故神託を遵守する？」

「それは私が何故神官になったかと聞くようなものです」

「私は今まで通りやりたいようにやるぞ？　積極的に獣の討伐やらもせんし」

「構いません。神殿に所属することで、煩わしさを感じたら抜けていただいても結構です」

まあ、今までと変わらないなら、と結局了承した。

他の神殿と違い、特定の神を奉じていないため、所属しても神々との相性やステータスなどに変化がないのも都合がいい。

最初の街ファストで所属できる先は、制限がゆるいと聞いている。代わりに大きなクエストの発注がないのでは？　と言われているが。

カイル猊下とのやりとりは疲れるけれど面白い。面白いけれど油断ならなく、油断ならないくせに私に都合がいいというなんとも不思議な事態だ。


「すまん、待たせたな。夕食にしよう」

カイル猊下も食って行くというので、ラピスとノエルの二人も今日は馬車でなく私が猊下と一緒に『転移』で送ることにする。カイル猊下も『転移』は使えるそうだが。

さてメニュー。

ズッキーニの花にジャガイモとチーズとベーコンを詰めて揚げたもの。ひき肉と玉ねぎを炒めて、すりおろしたパルミジャーノチーズとパン粉と合わせて詰めて焼いてもいい。元がしんなりしていてはダメなので採れたて限定だが、何も入れずに小麦粉を溶いただけの衣をつけて揚げてもサクッとして美味しい。ズッキーニ本体と違って文字通り花の命は短いのだ、旬を楽しみたい。まあ、荷物に放り込んでおけば劣化はしないのだから気分だが。

揚げ物の支度をしたので、ついでに色々揚げる。こちらは準備も片付けも簡単なのだが、つい。

ニンニクダレに漬け込んだドゥドゥを、片栗粉に少し米粉を混ぜた粉につけて油に投入。粉が水分を吸う前の白い状態で投入すると衣がサクッとするので、この辺はスピード勝負。

つまみ食いの手が視界の端に入る。まあ、揚げたては美味いしな、一つ二つくらいなら――って、多すぎだ！

……揚げる側からパクパクやってくれた手を軽く叩いたら、カイル猊下だった場合はどういう反応をすればいいのか。

カイル猊下は「つまみ食い」とやらに参加したかっただけらしいが、主犯格二名は慌てて証拠物件《からあげ》を口の中に押し込んで、熱い肉汁というか肉脂で悶絶してるし、大人しく本を読んで待つラピスとノエルを見習ってくれ。

ラピスとノエルに「こんな大人になるなよ」と、言いたいところなのだが、人世界の規定から外れているレーノはともかく、片や神殿トップの枢機卿、片や『湖の騎士』の異名を持つ武勇優れた人格者――出典だろう円卓の騎士では、不倫男だったがこっちはどうなのか。中世の時代、結婚は政略で、その後の恋が真実のなんちゃらという話も聞くが、不倫相手の旦那、アーサー王との戦いになったわけだから私的にはアウトだ。

ちょっと世の中何か間違っているような気分になりつつ、盛り付け。

ズッキーニの花の揚げ物と唐揚げ、青パパイアを千切りにして混ぜたサラダ、バゲット、さらりとした野菜スープ。黒に見えるほど濃い紫の桑の実ジャムとヨーグルトアイス。

他に好きなだけ取れるよう、肉を塩胡椒で焼いてジビエと心の中で言い張って中央に設置。この世界、魔物の肉が普通だしな、ジビエと言われても微妙だろう。

うん、肉より桑の実ジャムの取り合いになったね！　カイル猊下は無表情のままちょっと参加してみるのやめろ！

本日はクランハウスの取得に向けてみんなで集まる予定だが、まだお茶漬とペテロしか来ていない。

家は普通に建てることもできるのだが、そうすると現実世界ほどではないが自由度がだいぶ下がる。ゲーム的に頻繁に色々変えて遊んだり、職人を連れて行けないような場所にハウスを建てるには、『建築玉』と『意匠玉』が必要になる。

素材は『ウォータ・ポリプの卵』『定着貝《ていちゃくがい》』『建草《けんそう》』『内包粉《ないほうふん》』、これらは国を移動できるようにならないと集められない。

これでできる『ブランク玉』に、【建築士】に部屋や廊下を込めてもらったものが『建築玉』、【大工】に床や壁、柱を込めてもらったのが『意匠玉』だ。『建築玉』は部屋――箱を増やす、『意匠玉』は内装を替えるものだと思えばわかりやすい。

みんなで集めた素材を、クランマスターのお茶漬がまとめて職人に届けて、『建築玉』と『意匠玉』を作ってもらっている。今回の割り当て以外は、あとは自力調達で好きにする方向。

もう少し欲しい私は、トリンの店に行くつもりだったのだが、もう住民たちの店は閉まっている時間だ。ログインしてすぐに駆け込めば何かあったかもしれんが、まあ、揃っての夕食にラピスとノエルが喜んでくれたので良しとする。結果的にカイル猊下とすれ違わずに済んだし。

お茶漬：ちょっと一回休憩ログアウト
ホムラ：いってらしゃい

お茶漬は昼間っからずっと【建築】のレベル上げに勤しんでいたそうだ。カジノの景品を幾つか売り払い、元手を作ってシルに任せて延々と上げていたらしい。

延々と、と言っても週単位で入れる時間の上限があるので、入りっぱなしというわけでは無かった様だが。この世界に耽溺《たんでき》しすぎると、現実世界にいろいろ支障が出るので制限があるのは仕方がないと思う。

どっちにしろ勤め人には、ほぼ関係のない制限なので私は気にしたことがないのだが、お茶漬はみんなのログイン時間帯になるべく居られるよう調整をしている。

お茶漬は小さな店舗を持つことにしたらしく、現在土地を物色中だそうだ。生産職ではないので素材販売と、これから来るだろう建築ラッシュの時に『建築玉』で儲けるつもり満々だという。

私たちのクランハウスの『建築玉』は住人から買ったのに、せっせと【建築】を上げているのはそのせいだ。【鍛冶】や【裁縫】など、装備か戦闘で使う消耗品の生産職が多いので、先行して

『建築玉』の販売を始め、そのまま需要が集中するのを目論んでいるようだ。

現在、異邦人《プレイヤー》の店舗もだいぶ増えてきて、店舗や家を持つ希望者も多いらしく、南西に区画を広げる工事も順調のようだ。終了すれば新たな商業区として異邦人に解放される。工事に携わる中にはスラムの掃討時に保護された流民達もいる。彼らは現在、神殿と領主、商業ギルドが共同で建てた西壁に面した共同住宅に住んでいる。異邦人向けの商業区が軌道に乗れば、今度は店舗の従業員としての需要を見込んでいるという。

……商業ギルドのモスギルド長は流民達の多くが子供なことに頭を悩ませていたが、杞憂だと思う。むしろ異邦人が働き盛りの成人男性を雇う図が思い浮かばない私は毒されているのだろうか。

私も【大工】のレベル上げをして『意匠玉』を作れるようにしておきたい。

雑貨屋と酒屋用の生産をさっさと終えて、久々に生産施設のお世話になりに行くことにした。設備が揃っているし、初期の生産素材を買えるので便利だ。【ガラス工】もいじってみたい。

が、その前に私が使わない素材を整理して売り払おう。

迷宮五層目くらいまでなら、最近パーティーが行っているらしいし、そこまでの素材は適当に売り払っても問題ない、迷宮素材は道中の物も含めてまだお高めだし、下がる前にさっさと売り払いたいところだ。問題はそれより後の素材だ。

シードル・シー・ドルンの『粘糸』『繭玉』、『妖精の反物』『ファル・ファーシの絹』辺りは、カジノで懐が暖かいはずだし菊姫に売ろう。

シードル・シー・ドルンの『強毒』はペテロへ。『短剣』……は微妙だろうか。直刀ではないというか。普通に西洋風の短剣なのでクラン面子に使用しとる奴がいない。使えるのはペテロとレオだが……レオに聞いてみよう、確か時々短刀でない物も使っていたはず。『鋼糸』はペテロに頼んで私の武器《いと》に加工してもらおう。

サラマンダーの『皮』や『鱗』、『毒吐く漆黒の亜竜の皮』、ファル・ファーシの『顔の表皮』『靴』は服か軽鎧用だろうか。サラマンダーの『炎』は生産過程で炉に放り込むと火系の追加効果がつくらしい、ルバに差し入れようか。

装備が二つ、『血闘のオーガの籠手』『毒吐く漆黒の亜竜の小手』。籠手と小手はどう違うんだろうか。小手は本来は人間の身体の、手首から肘までの部分？　ああ、甲の部分がないのが小手、あるのが籠手か。剣道の小手だとちゃんと先まで付いとる気がするが、ここではそういう分け方なのだろう。

字面で形が分かるようにだな。

『血闘のオーガの籠手』はＳＴＲ《ちから》アップ、素手あるいはナックル装備の場合、ダメージに補正有り。はい、思い切り使いません。『技巧の手袋』よりも能力的には上なのだが、私向きではない装備。活用する方法としては、生産の材料として使用して能力の書き換えをするとか？　素直にシンに譲った方が良さそうだ。

『毒吐く漆黒の亜竜の小手』は小手にしては破格の防御力、近接攻撃時に強毒の追加効果。こちらも能力的には大変惜しいのだが、私は回避タイプなのでやはり装備するなら『技巧の手袋』もしくは『妖精の手袋』のほうが魅力的だ。ペテロを見てると毒もいいじゃないか、と思うのだが。

迷宮十層三匹のオークまでの素材はお隣のエリアスのところに持ち込もう。何気にZodiac《うち》が攻略トップの方にいるということの事実。まあ、お茶漬は昔から要領がいい。以前のゲームでは、昼間よく一緒にいるカルマたちと共に良い意味で話題になっていた。

クランのメンツは全員新しい所へ行くのが好き、死に戻りも苦にしないタイプ。自キャラ萌えの菊姫でさえ、全体から見れば攻略寄りではあるのだが、中々予想しなかった事態。

最初にレオの森を突っ切りたい希望を聞いて、結果的に全体回復効果を持つ精霊を初期に全員がゲットできてしまったことが大きいのか。レオ様様だな、よくピンチにされるけど。

つらつらそんなことを思いながら馬車から降りる。仮面無しで神殿経由、お隣行き。扉を開けて十メートルない隣だというのにこの回り道。

さすがに閉店済みの雑貨屋正面から出ようとは思わなかったが、材料を消費し終えるまで販売用の生産を終えて、酒屋から出ようとしたらカルから教育的指導が来た。なんか知らんが、雑貨屋の周辺にも酒屋の周辺にも不審な異邦人が多いそうだ。闘技場でやらかしたからだろうか？　ちょっと面倒だなと思いつつも、買取の属性石の量が跳ね上がっていたので悪いことばかりではない。

エリアスの店【アトリエ】の扉を開けると、本日は客がいっぱいだった。

というか、炎王とギルヴァイツア、クルルがいて賞賛されたり質問されたりしていた。エリアスはそんな客たちをスルーして装備のメンテナンスをしている様子。

「エリアス、こんばんは。素材を売りに来たのだが今大丈夫か？」

取り囲まれた大人気の三人を避けて、カウンターの奥のエリアスに声をかける。

エリアスのカウンターの自動買取機能の一覧には、売りたいものと合致するものはなかったが、説明書きにボスドロップ装備・迷宮素材別途相談の一文がある。

「あらん、お久しぶり。大歓迎よん」

ちらりと炎王たちが取り囲まれている人垣を見て、煩いからと三階に誘われる。

誘われたので三階も商談用の店舗なのかと思ったら、許可のあるものしか入れないパーソナルスペースだった。シノワズリというのか中国風と洋風が程よく混じった部屋だ。

「私がログインするより先にあの状態でね、全員私のお客でもあるから追い出せないし、何もないのに奥に引っ込むのもわざとらしいし、ちょっと嫌になってたところなのん」

言いながら紅茶を白いポットから注いでくれた。茶盤に載った中国茶器のセットが飾られているのが見えるのだが味の嗜好は紅茶なのだろうか。

「ふふ、友人が作ってくれたのよん。でも茶器は有っても肝心のお茶がねん」

「なるほど、ファストは西洋風の文化圏だしな」

眺めていたことに気がついたのかエリアスが説明してくれる。

確かに中国茶はジャスミン茶っぽいもの以外見かけない。そのジャスミン茶っぽいものも紅茶に花の香りをつけた茶色いお茶だった気がする。どちらかというと紅茶のフレーバーティー？

「紅茶があるということは、茶の木があるんだから作れる気はするがな」

「あら、そうなのん？」

「発酵度の差だろう？　中国茶には疎いが、たしか、紅茶・半発酵茶兼用品種の日本の茶木から緑茶も紅茶もできてたはずだ。紅茶は中国茶を輸入する船便の中で発酵しまくって紅茶になったという説が出るくらいだし素は同じ茶木なんだろう、たぶん。味の差は品種と気候とかあるのかもしれんが、頑張ればできるのではないか？」

ゲームの生産素材は、けっこう大雑把だし。

「調べてみようかしらん」

「それにしても烈火の面子が来ているなら、今は迷宮のドロップは足りてるのか？」

「あの子たちは装備のメンテで来てるのん。迷宮のドロップなら幾つでも歓迎よん。友人からも機会があったら買い取ってほしいって頼まれてるから、売ってくれるなら私が使わない素材も買い取るわん」

ん？　あの子？　どの子ですか。

若干引っかかったが、エリアスが要らないものは遠慮なく弾いてくれていいと伝えて、売買ウィンドウに売りたい素材を並べてゆく。相変わらずつけるのが面倒なので値段はエリアス任せである。

大地やハルナ、あと誰だ、聖法使いの彼がいないのはログイン前だからかと思ったが、装備のメンテならば違う店に行っているのだろう。あ、思い出したコレトか。

「そういえば、譲渡不可の武器の加工はやはり本人がやらねばならんのか？」

「ん――、いいえ、力の小手の時のように所有権を移さない製作依頼で可能よん。加工しちゃったあとは別のアイテム扱いになって譲渡も可能になるわん」

ウィンドウから目を離さず、値段をつけながらエリアスが答える。

「こんなものかしらねん。初めて見たアイテムはちょっと他と比べて高めにつけたつもりだけど、需要がわからないから、もしかしたら安くなっちゃってたらごめんなさい」

「問題ない、ありがとう」

なにせ私が相場のリサーチをサボっていて分かっていない。

もっとも、迷宮のアイテムは滅多に委託販売には出ず、こうして生産者と直接売買が多いため、リサーチをするには何軒か値段の交渉をして回らんとわからんわけだが。あとは掲示板か。

「それで……」

「姉さん、ゴメン」

エリアスに思い切って『血闘のオーガの籠手』『毒吐く漆黒の亜竜の小手』の加工を頼もうかと思ったらギルヴァイツアたちが入ってきた。

「姉？」

「ってあら、ホムラ？」

こちらに気づいたギルヴァイツアが私の名を呼ぶ。

「知り合いだったのか」

続けてちょっと意外そうに言われる。

「こんばんわにゃ〜」

「こんばんは」

とりあえず、挨拶を返す。

「こっちではエリアスって呼んで？」

「あら、ごめんなさい」

入ってきた時、ギルヴァイツア素だったな、姉弟だったのか。まさかの姉妹かもしれんが。

そして私が知りたいのはリアル性別ではなくて、キャラの性別なのだが。そのぺったんな胸はぺったんなだけなのか元々ないものなのか教えてください。

「邪魔か？」

「いや、私の用事は済んだところだ」

一番最後に階段を上がってきた炎王が、エリアスとギルヴァイツアのやりとりに目をやりながら確認してくるのに答える。

「闘技場の二位の賞品に狐の進化石あったわよ」

「あら、貢いでくれるのん？」

「無茶言わないで、ポイントなくなっちゃうわ！」

「烈火はすっかり有名人だな」

「ちょっとめんどくさいにゃ〜」

「エリアスの店の中で、エリアスの客じゃ追い払えないしな」

炎王は相変わらず眉間に立派なシワを飼っている様子。

ギルヴァイツアとエリアスのやりとりを眺めながらこっちはこっちで会話をする。エリアスも狐を目指しているのか、確かに似合いそうではある。

「レンガード様のことを聞かれることも多いにゃ。真っ黒さんを間近で見たのは僕たちだけにゃ！」

クルルがやたら嬉しそうに言う。間近というか、倒しましたが。マゾ……？

「レンガード様……」

そして何故様付きに？

「あ、でも残念ながら、始まる前の真っ白さんしかスクリーンショット撮れてないにゃ。特別に見せてあげるにゃ？」

「要らぬ」

自分を見てどうしろと。

「ホムラみたいに我関せずが多ければ楽なんだがな。菓子を譲れと言ってくるのも多い」

眉間に皺の炎王。

「『雑貨屋』さんの開店記念と同じものだったにゃ。炎王は大事にとってるけど、僕は食べて【採取】いっちゃったから、無い袖は振れないって言って終わりにゃ」

「炎王も、食べちゃったから無いって言えばいいのに嘘はつかないのよねぇ」

エリアスに襟を掴まれているギルヴァイツアが口を挟んでくるが、ぐいっと襟を締められすぐにエリアスの方を向かされる。

「フン」

炎王が鼻を鳴らしてそっぽを向いた。

「僕らも準優勝でちやほやしてきたり、ちょっとついてくる人もいるにゃ」

「ギルヴァイツアは職別優勝だしな。改めて、総合団体【パーティー】準優勝、職別個人優勝おめでとう」

「ありがとうにゃ」

「礼を言う。まあ仕方がない、有名税だと思って我慢するさ」

「仕方ないにゃー」

すみません、その税金私は絶賛滞納中です。

「それにしても相変わらず仲いいにゃ～」

「ギルヴァイツアは最終的にエリアスに逆らえないからな」

お茶を飲みながらエリアスがギルヴァイツアを軽くいじっているのを見るプレイ中。解説はクルルさん炎王さんにお越しいただいています。

「さっき私の店で騒いでくれたのは誰なのん？」

「いや、あれは俺も困って……」

「あらん？　話し方が違う気がするのん？」

「う、あたしもあれにはちょっと困ってるのよ～」

なんだろう、ギルヴァイツアのおネエキャラはエリアスに強要されてやっとるのか？　賭けにでも負けたか？

現在、ギルヴァイツアはエリアスに『獣進化石・狐』を強請《ゆす》られている。性別不明のスレンダーで白く艶かしい肌《はだ》を持った人物が閉じた扇――絹っぽい布が貼ってあるから生地扇子というのか？――

――で大男をペシペシしているのは中々倒錯的、じゃない、姉弟の微笑ましい遣り取りではあるが、二位で解放される賞品なだけあってTポイントも結構かかる。

ギルヴァイツアは総合団体戦で二位なだけでなく、職別で優勝をしているのでなんとかなるだろうが、Tポイントを貯めるのは容易ではない。

「『獣進化石・狐』はカジノで500Gで取れるぞ」

賭けで思い出して助け舟を出す、泥舟かもしれんが。

「ほらほら、エリアス！　生産職でも取れるって言ってるわよ！」

「そうなのん？」

冷や汗を垂らした笑顔でギルヴァイツアが、エリアスの両肩を持ってこちらに向き直らせる。

「他にもカジノの方には生産職向けの景品が多かったな。作業台や炉もファストの住人から購入するよりも高ランクのものが出とった」

「あら、やっぱり国の移動許可を取るくらいには戦闘しなくちゃダメかしらん」

「護衛するから移動できるようにしましょ！　手伝うから！」

ギルヴァイツアが大会の賞品からカジノの景品にシフトさせたくって必死だ。

「この国のボスくらいなら、護衛しながらでも余裕だ。ボス戦よりも移動時間の方がかかるかもしれんな」

炎王が言う、どうやら護衛に参戦する模様。

「そそ、大地とコレトにも頼んだげる」

魔法使いのハルナが留守番か。盾と回復は要るだろうし妥当だろう。

烈火の面子はここで他の3人とも待ち合わせをしているというので、エリアスが淹れ直してくれた茶を飲みながら少し話をする。というか、お暇しようとしたら炎王に引き止められた。

「すまん、ホムラ。カレーだけで構わないから売ってくれないか？」

ああ、何か私を見てそわそわしていると思ったらカレーか。

「いいが、どんなのが好みだ？　牛？　豚？　鳥？　辛さは？」

「牛肉がゴロゴロしているのが嬉しい。辛さは少し辛めで」

「了解、今持ち合わせがないのだが、次回会った時に渡すか？　もしくは了承をもらえればエリアスに預けておくか？　結構私フラフラしてるんだが」

材料が隣の店舗の倉庫の中だ。隣だが戻るのが大変なんですよ！

「あらホムラは料理もするのん？」

「ああ、料理と錬金と調薬メインだが、広く浅くかな？　カジノで【大工】を取ったし」

「何で【大工】にゃ？」

「クランでハウスを持つことにしたから、つい」

「いいわね、どこにしたの？」

エリアスから解放されて腰を落ち着けたギルヴァイツア。

「ファガットの島にする予定だ」

「バンガローの方？　巨木の島の方？　奇岩にゃ？」

クルルの言う奇岩は、アルセーヌ・ルパンの奇岩城のように、海に突き出た尖塔のような岩の中に家を造るタイプ。

私の個人ハウスのほうもちょっと島を覆う絶壁の中に造ろうかなどと画策している。どんな家にするか考えているときはわくわくする、攻略も楽しいがこっちも面白い。

「巨木の島だな」

「あらん、いいわねん」

「ボクたちもハウス欲しいのにゃ～」

「ロイの所もハウスの算段をしているそうだな」

炎王も言う。

どうやらここにいる烈火のメンツにハウス熱が伝染した模様。

ロイたちが、例の鍋を六つ持っていたのはハウス取得のためにくるくるしていたためらしい。出会ったときはパーティー人数いっぱいの六人だけだったが、今は生産者もクランに加入し人数が増えていると菊姫が言っていた。迷宮に行けないメンバーの分のアイテムを確保するため、くるくるハムハムしていたのだろう。

「でもよくお金貯めたわね～。あたしは装備買っちゃって大してもってないわ～」

ギルヴァイツアがため息交じりに言う。

闘技大会に出ると決めた時に、パーティーでの初討伐報酬以外の装備を揃え直したそうな。結構な金額を使った様だ。

「ああ、私は外したが他のメンツは闘技場の賭けで勝ったからな」

「じゃあホムラは借金にゃ？」

「いや、私は販売で貯まっていたので問題ない」

「ん？　ドロップ品の販売でそんなに貯まるのか？」

炎王が意外そうな顔で聞いてくる。

ファガットの島は他の場所に比べて断然土地が高い、それこそ上手くいっている方の生産クランでもちょっと躊躇うくらいに。

それに、戦闘職は売れる素材を積極的に手に入れようとするならともかく、装備を新しくしたり消耗品を補充したりと金も入るが出るのもあっという間なため、意識して貯めないと貯まらない。

「委託だと販売金額に制限があったと思うんだけど、どうしてるの？　店舗持ちに委託？」

ギルヴァイツアが聞いてくる。

「あらん、それだってそう貯まらないわよん？　素材を買う生産者も自分の店舗を持ったばかりか、持つつもりで今はお財布の紐は堅いものの。戦闘職の方が装備に払うお金に鷹揚よん？」

「あ、特殊な方法なら稼ぐ方法は教えなくていいのよ？　情報は貴重だもの」

ギルヴァイツアが付け加える。

「いや？　普通に店舗持って販売しているだけだぞ」

「あらん？　どこかしら。教えてもらえれば買いに行くわん」

「隣」

「ん？　どこだ？」

炎王がきょとんとした顔で聞き返してくる。きょとんとしているというか眉間の縦ジワが消えたからそう見えるだけか。

「隣」

「隣は【剣屋】よん？」

「反対《こっち》の隣」

自分の店舗の方を指さす。

「そっちはレンガードの店だわよ？」

「そうにゃー」

ギルヴァイツアとクルルが不審そうに聞いてくる。

「レンガードは私の生産者名」

仮面無しで、闘技場で披露した白装備に着替えて見せる。

固まる四人。

「内緒ですよ？」

唇に指を当ててポーズをとってみるテスト。

「なんだ冗談か」

「そのデザインどこで手に入るのかしらん？」

「いいわね～、黒い方はないの？」

「装備の能力ってどうなってるのにゃ？」

「まあ、揃いの装備も騒ぎになりそうだしな。内緒というなら内緒にするが、どこで着るつもりなんだ？」

……ポーズとったのが悪かったのか。信じてもらえないとはこれいかに。

「いやいや？　本人だから」

「ホムラ」

「ん？」

炎王が私の肩に手を置いて沈痛な顔で名前を呼ぶ。

「確かに背格好は似ているし、髪の色も一緒だが」

「なりきりは痛いわよん？」

炎王の後を継いでギルヴァイツア。

信　じ　て　も　ら　え　な　い　！

これはアシャの仮面の効果なのか、単に私の初動が悪かったのか、どっちだ！

「ちゃんとレンガードの銘入りで生産もできるぞ」

「名前は被り可能だろう、そこまで真似てるのか」

「重症だわねぇ」

「『転移石』も作れるし、『帰還石』も……」

闘技場の正面から撮った鍋のスクリーンショットやら、実験も兼ねて自分がレンガードである物的証拠を挙げていったのだが、中々信じてもらえない。これは仮面の効果の方でファイナルアンサー？

そして最終的に。

「う、ギルがサンバをっ!?」

「ちょっ！　スパンコールのブラは止めるにゃッ！」

「なんであたしなのよ！　こっちはアンタたちがパンタロン穿いてランバダ踊ってるわよ！」

「ちょっと三人ともサンバのリズムで腰振りながらちょっとずつ迫ってくるのやめてちょうだい！」

サンバに軍配が上がったようです。

いや、違う。私とレンガードを関連付けて考えようとすると、思考に妨害が入るようだ。なんでこうなってるんだろうという混乱っぷりである。こう、炎王とクルルの中ではギルヴァイツアがスパンコールのブ……衣装を着けてサンバを踊っているらしく、当のギルヴァイツアの中では炎王とクルルが二人でランバダを踊っているらしい。エリアスの方でもサンバ三人組に迫られとるらしいが……。

「良かった、私関係なくて」

「いや、理由はわからんが、どう考えてもお前が当事者だよな？」

危うく想像しかけてひとりごちたところに、こめかみを片手で押さえる炎王に詰問される。

「ちょっと！　ギルのサンバがベリーダンスに変わってきたから早くなんとかするにゃ！！！」

「うっ……ピンクのスポットがっ！　ってクルル、自分の妄想に俺を巻き込むな！！！」

「きゃあ、見たくないわん！！！　可逆反応の逆不可逆反応　不可逆反応の逆可逆反応　可逆反応も不可逆反応も化学反応！」

「だからなんであたしなのよ！」

エリアスが早口言葉で気を紛らわしはじめた。

これもうレンガードのこと考えてないよな？　考え止めても思考汚染（？）は止まらんのか？

とりあえず、『アシャ白炎の仮面』はかなり強力なことが判明した。

「これでいいか？」

仮面を目の前で装備する。

「……っ！　レンガード!?」

『アシャ白炎の仮面』による混乱は治ったが、別な混乱が始まった。

話の流れで聞かれるままにバラしたわけだが、まあ、相手がこのメンツならいいかなと。仮面の検証も出来たし、珍しいものも見られたし。それにエリアスには悩まずに装備の生産を依頼出来る。

スッキリした。

「とりあえず落ち着こうか？」

「お前が言うな！！！」

「うをっ！」

炎王が斬りかかってきた！

「きゃあ！　ちょっと私の店で暴れないで！」

「闘技場以外でPVP《対人戦》は衛兵来るにゃ！　危ないにゃ！！！」

「コレが斬られるタマか！」

「わわ、盾に使うな！！！」

「サイズが丁度いい！」

ギルヴァイツアを盾に炎王の斬撃を避ける。

炎王の剣を手のひらで挟むように止めるギルヴァイツア、真剣白刃取りできる程度なんだから本気ではないのだろう。……ないよね？

「ええい！　ギル！　邪魔するな！」

「今の止めないと俺が斬られるだろ！」

「いいからそこを退け！」

「先に剣を退けっ！」

「「ぐぬぬぬ」」

二人の熾烈な攻防が始まった。

「狭いのに大変だな」

ギルヴァイツアの後ろからそっと抜け出して一息つく。趣味のいい調度品を壊さず室内で暴れる男二人、特にバスタードソードを振り回す炎王は器用だ。

「なかなかいい性格してるにゃ」

呆れたように言ってくるクルル。

「私はいたって事なかれ主義です」

「この装備【鑑定】させてもらってもいいかしらん？」

「他言無用にしてくれるなら」

「もちろん！……って【鑑定】できないわん。相当高ランクなのん」

残念そうなエリアス。

出処が出処なのでランクが飛び抜けて高く――というか神器表記。持ち主か【鑑定】レベルが相当高くないと能力を見る事がむずかしいらしい。初討伐報酬の小手とブーツなら鑑定できるんじゃなかろうか。

「「くつろぐな!!!」」

炎王とギルヴァイツアに怒鳴られた。シンクロ率高いな二人とも。


そして尋問が始まった。

尋問には紅茶のお代わりと、イチジクのタルトがついた。とりあえず、他言無用は約束してもらっている。

炎王は「さっきの現象《あれ》から考えるに、この世界でどんなに訴えても信じてもらえんどころかこっちがおかしな人扱いになるだろ。やらんわ」とのこと。他の三人もそれぞれの言葉で内緒にしてくれると約束してくれた。

「で？　何故NPCのフリなんかしてるんだ」

NPC、ノンプレイヤーキャラクター。住人たちのことだ。

「私は別に自分からNPCと名乗ったことはないが」
「クランのメンツは知ってるのかにゃ～？」
「知ってるぞ？」
「あのメンツは何も言わんのか？」
「言わないな。付き合い長いし、一緒にやるときは装備で能力調整をしてるから敵を奪ってしまうこともないし。セカンドキャラ作れるゲームのときは大体二キャラ入れ替えで、レベルの調整をしたんだがな」

ログイン時間の長いお茶漬と、つい籠って戦闘を繰り返しハムスターが回し車を回すが如くハムハムしてしまう私のレベルが毎度突出してしまうのだ。

ログイン時間制限の無いゲームではお茶漬は三キャラ目にゆくことさえある。

レオは寝落ち常習犯で、菊姫も私に比べれば早寝、シンは仕事柄午前様が多かったり、ペテロはペテロでマニアックなことをしているのでレベルの上がりは遅め。

大抵、私とお茶漬のファーストキャラはソロができるレベルまで上げて、セカンドキャラはレオ達とレベルを揃えておくパターンだ。同じレベル帯でないと、パーティーでの攻略の楽しさが半減する。

もっとも、当人達がレベルを上げたいと言えば、お茶漬と二人で高レベルのファーストキャラに代えて、地獄のボスツアーを開催したりしたが。レベルが低い人の経験値稼ぎに、経験値の多く入る攻撃は任せて、本人は攻撃せずに盾になって守るという話も聞くが、黙って殴られている趣味は二人とも無いのだった。

ボスツアーの合言葉は「とりあえず死ぬな」である。

「いや、まあ、一緒に攻略するにはそれも大切だが……」

「気にするポイントがずれてる気がするにゃー」

微妙な反応が返ってきたんだが何でだ。

「むしろ何がどうなってそうなったのか聞きたいわね」

「住人との出会いと、たまたま神々と続けざまに会ったから？」

「疑問形なのかよ」

炎王たちと一問一答、素直に答えるワタクシ。

この尋問の前はエリアスに質問されていたのだが、装備のあれこれが、ガルガノスの意匠だと教えたら、国を渡る気に拍車がかかったようだ。ガルガノスの居場所を教えるのはどうかと思ったので、取引き先のパストを紹介した。まあ、私でも行きあたったのだから、ナヴァイで何人かに聞いたらすぐ分かる話なのだが。

「……ふふ」

黙って聞いていたエリアスが小さく笑いを漏らす。

「なんだ？」

怪訝そうな炎王。

「六人揃って鍋戦隊っぽいわねん」

「エリアスにベストショットを送ってみた」

ちょっと尋問に飽きたので、鍋発動直後の六人のスクリーンショットをそっと送信。アイテムを使った手の動きが、戦隊モノのポーズをとっているように見えなくもない、お気に入りである。

「鍋……」

ガックリきている炎王。

ホムラがレンガード《わたし》であることの証明に、すでに数枚披露しているのだが。鍋は私のせいじゃないぞ？　文句はロイに言ってくれ。

「うまく撮れてるにゃー」

「……戦闘中、時々動きが止まってたのはスクリーンショットを撮ってたとか言わないわよね？」

紅茶を飲む手を止めたギルヴァイツアに、半眼で聞かれた。

「黙秘します」

沈黙は金。

「闘技大会でプレッシャーを覚えるほど神々しかったり、格好良く見えたのは、絶対黙ってたからだろう貴様」

「褒められた」

「褒めとらんわ！」

ちょっと照れたら炎王に否定された。格好良いって褒めてると思うのだが、違うんだろうか。

「褒めてるにゃ、褒めてるにゃ」

「ＮＰＣは好かん！　とか言ってたのにレンガードだけは気にしてたわね～。まあアレだけ派手なら仕方ないかしら。しかもＮＰＣじゃなかったし」

片頬に手を当てて、ニヤニヤしながらギルヴァイツアが炎王を見る。

「うるさい！」

ぷりぷり眉間に縦皺出している炎王だが、気になることが一つ。

「住人嫌いなのか？　何故？」

「別にＮＰＣ全般を好かんわけじゃない。プレイヤーが連れ歩くＮＰＣが気色悪いんだ」

仏頂面でタルトをフォークで突き刺して割る炎王。

「なんでまた」

「ファイナのパーティー同士協力するダンジョンでちょっとね。そういえば迷宮で貴方たちと会う少し前だったわねぇ」

「強いくせに唯々諾々《いいだくだく》とプレイヤーに従ってるなんて変だろうが。どうせなら人間的にしなけりゃいいのに、中途半端に人間くさいせいでプレイヤーがする無茶な命令を、なんやかんや理由をつけて結局それに従うのが胸糞悪い」

「そういえば強制的に呼び出せるんだったか。住人じゃなくてプレイヤーの方に怒ればいいのに」

呼び出されたことはあっても、呼び出したことがないのでどんな状態になるのか分からん。

「理由をつけて」ということは、住人が無茶ぶりにも従う後付けな理由を、ブツブツ言いつつ戦っているのだろうか。それは確かに無茶苦茶嫌だ。

だが、そうする理由を取り除いてやれば、その住人はプレイヤーから解放されるのではないだろうか？

「ゲームだからな、そういうシステムなんだし利用するのが悪いとは言わん。言わんが気色悪いんだ」

旨い紅茶を話のせいで不味そうに飲む炎王。

「・・・ゲームしとるんだな。いっそ普通に人だと思って対応した方が楽しいぞ、この世界」

そういうシステムがあって利用するゲームといいつつ、従うNPCが気持ち悪いと言う矛盾。どうやら私の知らない葛藤がある様子に、よくわからんまま言う。

葛藤はよくわからんが、細かいことは気にせず、普通の人間だと思って行動した方がより楽しめるのは知っている。

ガラハドたちや、雑貨屋のメンツ、顔なじみになってきたその他の住人。みんな個性的で好きだ。ところで炎王が素直なのかヒネくれてるのか、イマイチ判断がつかないのだが判定はどっちだ。

二　島を選ぶ

「ん～、やっぱり高いけど最初のとこがいいでし」

「土地に余裕があるあそこね」

菊姫に答えながら、お茶漬がウィンドウを開いてチェックする。

「オレもそれがいい」

「オレもオレも。あの島、沢があったから魚放流して釣りしたい！」

「ハウスの他に全員で別にツリーハウスも建てられそうだな、あそこ」

広い分、だいぶお高い。

「私もそこでいいよ。他人に見られずに忍者の修行できそうだし」

クランメンツの全員がログインしたところで、わいわいとファガットが異邦人向けに解放している土地を見て回っている。土地といっても数多く点在する小島だ、移動は小船である。案内はファガットの商業ギルドの職員。

ファガットの小島は他の国と比べて値段が高めなせいか、他のハウスを建築する土地の購入見学者に会うことは少なかった。まあ、道ではなく海を移動しているせいかもしれんが。

シンとレオは昨日、カジノの床でログアウトしたらしく、賭け事の結果はお察しだ。ハウスの資金は先にお茶漬に預けているので問題ない。

綺麗なコバルトブルーと白い雲。点在する島をつなぐ海は透き通っていて浅いため、下を覗けば海底が見える。それでも深いところは四、五メートルあるだろうか。船をこぐ丸太のような腕をした獣人の男性は、風の神ヴァルの祝福持ちだそうで、小舟は風をはらんだ帆に助けられ結構なスピードで海を滑る。移動は退屈なことが多いが、これは楽しい。船酔いの心配もないしな。

「では最初の島のご登録ということでよろしいですか？」

「お願いします」

職員の言葉にお茶漬が代表して答える。

闘技大会の試合の待ち時間に大体の間取りは決めている。島を購入して建てる場所を決めれば、すぐにハウスをいじれるようになる。

建てる場所も最初に見に行ったときに、島の中央に生えている巨木にほぼ決定している。なにしろその巨木を気に入ってその島が第一候補になっていたくらいだ。

間取りの方はシンプルだ。一階に玄関ホール、キッチン、ダイニング、リビング。階下に生産設備――これはお茶漬と菊姫、ペテロがカジノの景品の自分で使う生産設備をクランメンツにも自由に使えるように解放してくれる。厨房設備と『転移プレート』は私が出した。大体の設備は四人出資のカジノ仕様が入る予定だ。二階に客室を含む七部屋。

個人の部屋の拡張はしたければそれぞれ『建築玉』を取得してやることになっている。

商業ギルドの仮出張所みたいな一室で、早速購入手続きを進める。

「船着場はどうされますか？　小舟のご購入先もご紹介できますよ」

クランマスターのお茶漬がサインしたところで商業ギルドの職員が聞いてくる。

「後から頼むこともできます？」

「はい、可能です」

「じゃあ後からお願いします」

カタログを抱えた職員は笑顔だが少し残念そうに見えなくもない。

『転移プレート』があるので金のかかる設備はとりあえず後回しだ。特に小舟に喜びそうな二人組がまた金欠だからな。カタログから選んだのは結局クランハウス用の共有ストレージだけだ。

手続きを終えて小島に移動。点在する島のほとんどが、家を一軒建てたらいっぱいいっぱいな大きさの中、その島々の五倍はある。まあ、十倍近くある島もあるので一番大きいわけではないのだが。

複数のクランが入れるようなさらに大きな島もあるが、そちらは広くても一区画はクランで占有できる小島より安い。値段が手頃だし、提携している戦闘クランと生産クランが一緒に入るとか需要はありそうだ。

再び海を移動して、今や私たちのものになった小島に上陸。船着場がないので下見に来た時と同じく、浅瀬をチャプチャプ少し歩くのだが、それも嬉しい。

「何かありましたらギルドへ連絡を」と言い残して職員を乗せた小舟は帰って行った。

商業ギルドに頼めば、島ごと他人が入れない結界やら、他人が上陸したら分かる結界やらのオプションがあるのだが、今の所船を持っている異邦人もいなそうだし、住人はわざわざこんな所に来ないというのでまだ何もしていない。

ハウスの方は店舗と同じく、鍵をかければ他人が入れないシステムだし必要ない。と、思っていたら【盗賊《シーフ》】の上級職は通常の鍵は開けられることが判明。泥棒を生業に選ぶ【盗賊《シーフ》】も普通にいる。なんとなくまっとうな冒険者の方を「シーフ」、泥棒の方を「とうぞく」と呼びたくなるのは私が日本人だからだろうか。

鍵にもランクがあることを商業ギルドで教えられた。店舗の鍵ランクはデフォルトで一般住宅より高いものが付いているそうだが、ちょっと考えよう。【結界】もいい加減取りたい。

「ひゃっほ～っ！！！」

「南の島だ～～～っ！！！」

せっかく上陸したのに海に向かって走って行く二人組。

「はいはいはい、家の設置してからね！」

お茶漬先生が引率する。フリーダムな生徒が交ざった引率は大変そうだ。

島をふちどるようにある白い砂浜は短く、すぐにものの大きさの感覚が狂う巨木巨石の中だ。一番小さな巨木の島は、遠くから見ると木が海から生えているようにも見え不思議な風景だ。私たちが少し大きめな島を選んだのは島を眺めた時、大きな方が島らしいからでもある。一本二本の巨木よりも、たくさん生えていた方が自分が小さくなった気分を味わえる。

自分の背丈よりも太い木の根の下を通り、巨木の中でも一際大きい島の中央にある木に向かう。苔さえもモコモコと柔らかいがブロッコリーくらいの大きさがある。前回上陸して、ギルド職員の案内のもと踏み分けた苔の跡で迷う心配はない。

狭い島だが周り全てがでかいので巨木の幹を迂回したり、大岩に行く手を遮られたりで真っ直ぐ進めないため、地図を見てもあまり意味がない。

「でっかいでしね～」

「不思議な気分だ」

自分の認識が揺さぶられる。

「ほかだと直ぐに着いちゃうしね。この気分を味わうにはこの島でよかったよ」

ペテロがゆっくりと周囲を見回す。

「アブク銭入ってよかった、よかった。あの二人から先に徴収しておいて本当によかった」

しみじみと言うお茶漬。

闘技場の賭けで勝っていなかったら、この島は手に入っていなかったろう。ファガットの島は、一番小さなものでも購入は難しかったかもしれない。金欠二人組に合わせるとファストか、戦線の際になりそうなアイルの街かのどちらかになっていた可能性が高い。

その二人はあちこちに走って行ってはこちらに戻ってを繰り返しているため、この会話に交ざっていない。あんまり苔を荒らすな。

「小人になった気分だな」

遥か頭上に枝を伸ばす木々を眺めながら言う。

「鶏匠になった気分も若干……」

お茶漬がレオとシンの背中を半眼で眺めながら言う。

「二匹いるけど、何も取ってこないね」

笑顔のペテロ。

「でしでし」

本日も通常営業です。

「どの辺の高さに造る？」

辿り着いたひときわ太い巨木を見上げる。

「あの隣の木の枝と交差してる三本目の枝の辺り？」

「あんまり上すぎると枝が混んでくるし、妥当かな？」

隣で同じように見上げているお茶漬とペテロが答える。

「枝からロープ垂らして、滑り降りられるようにしようぜぇ！」

ニシシと笑うレオ。

「おお！」

「はいはい、建ててからね」

無駄にテンションを上げている獣人二人をお茶漬がいなす。

「登るのどうするでしか？」

「枝まで幹に螺旋状に板をつけて、階段にしようか？　まっすぐは急すぎる」

巨木を眺めながら提案する私。

「いいね、頼んでいい？」

「【大工】、レベルがまだ上がってないから、ちょっと後からになるかな？」

自分で提案しておいて何だが、お茶漬に今は無理と答える。

基本の【木工】がないと、スキルを上げるにもかなり難儀することが判明。Tポイントをスキルポイントにするコースな気がしてきた昨今。

「今回は外観は後にして、とりあえず家を建てようか。『転移プレート』設置してもらえれば出入り楽だし」

ペテロが言う。

「おうよ！　登ろうぜ！」

「わはははは」

早速幹に取り付く二人組。結構な速さで登って行っていたが、苔で滑って戻って来た。

登るスピードが速いのは二人なのだが、所々で滑って振り出しに戻るため、着実に登っていくのは菊姫だ。

……菊姫、完全に腕力で登っているのか幹に親指・人差し指・中指の三本の指の跡が点々と付いている。ズボッと幹に三本の指を突き立てては体を持ち上げてゆく姿は、幹に穴が開いていることに気がつかなければ一生懸命ひたむきに登っている幼女である。とりあえずスカートはやめてズボンを穿け。

「うーん、シンじゃないけど木の根元に扉つけて貯蔵庫造りたくなった」

「ああ、いいな」

隣のペテロの言葉に、私も貯蔵庫を思い浮かべる。

人参・玉葱・ジャガイモなどの根菜類、プロシュート・ブレザオラ・パンチェッタのハム類、ゴルゴンゾーラ・ペコリーノ・アジアーゴのチーズ類、貯蔵庫という響きはおいしい夢に満ちている。

「毒には陽光は大敵だしね」

「それは是非、別な木にお願いします」

ペテロの夢は食物じゃなかった罠よ。

それにしても、あの生ハム、そのチーズで済ませてたのにすっかり名前を覚えてしまった。

現実世界で注文する時は、現物か写真を見ながらするので覚える必要がなかった。それも日常的に買っとるわけじゃないしな。チーズなんか飲食店で頼む時は大抵「盛り合わせください」で終了だ。

が、こちらでは違う。買い物で探す時に便利なのはもちろん、生産する時も名前が分かっていたほうが強くイメージができるのか、それとも名前をもとに補正してくれているのか、上手くゆくし、作業中も安定しているように感じる。思い込みのジンクスみたいなものかもしれんが。

「おーい！」

「着いた〜〜っ！」

「がんばったでし」

ペテロと話しているうちに三人は枝に着いたようだ。

「今行く」

そう言って、ペテロがおもむろに幹を走り上がる。忍者だ、忍者。

「あ、ずるい！」

お茶漬が叫ぶ。聖法使いのお茶漬は腕力も弱く、器用さも不足している。木登りは苦手なようだ。まだ最初の根を登った辺りにいる。

「よいしょ、失礼」

木の幹に張り付いているお茶漬に『浮遊』をかけて、背中辺りの服を掴んで【空翔け】。【空中移動】でもいいのだが、そちらはまだいまいち安定しない。

「うわをうううううううう」

親切で持ち上げたら変な悲鳴を上げられた。


「じゃあこの辺に玄関が来るように設置でいいかな?」

「オッケーベイベー!」

お茶漬の最終確認にシンが答える。

「予定通りほぼ木の幹に埋まる感じだね」

「うむ。ロマンだ」

現実世界ではできないことだ。

「いいでしね」

「早く早く!」

レオがワクワクした顔で急かす。

『建築玉』には青玉と赤玉と呼ばれるものがある。

正しくは『ブランク玉』にその二種があり、青玉は通常ボスの『ウォータ・ポリプの卵』を使い、赤玉にはレアボスの『ファイア・ポリプの卵』を素材として使う。

青い『建築玉』は、平地でなくとも周りになにもない場所になら設置できる。さらに赤は、岩の中や、巨木の中にも入り口さえ出ていれば設置できる。

赤玉は木を傷つけることもない。部屋を『建築玉』に仕舞い直して取り除けば幹は元どおりだ。

お茶漬の前方に大きな木箱が現れ、幹に埋まる。幹に大部分が埋まった木箱の正面は、縦二メートル半、横二メートルくらいの長方形の穴が開いている。

「とりあえず僕の独断と偏見で、予算内で収まってまあまあな壁と屋根ね。お金貯まったら替えて」

お茶漬が『意匠玉』を使ったのか、木を組んだ壁、黒いスレート瓦のような屋根に替わり、長方形の穴だった場所には扉がついた。

「おお！　家っぽい！」

「いいなあ！」

獣人二人から歓声が上がる。

「わくわくするでし」

ご機嫌の菊姫。

「なるほど、こうなるのか」

『雑貨屋』はトリンに普通に建ててもらったので、『建築玉』『意匠玉』を使うところは初めて見る。

「カスタマイズ楽しそう」

ペテロが隣でいい笑顔。

壁と屋根が替わっただけでなく、箱がはみ出して不安定に見えた外観が、木の枝や根太（？）などで支えられ、そこにあるのが不自然でない見た目に変わっている。

「むしろこれでいいんじゃないか？」

「周りに馴染んでるでし」

なかなかいいと思ったので素直に口にすれば、菊姫も同意見だったようだ。

扉を開けて中に入ると、まだ『意匠玉』を使っていないので床も壁も同じ色の木材。

「とりあえず一階部分部屋造っちゃうよ」

お茶漬がそう言って、図面を見ながら壁に向かって『建築玉』を使っていく。

大体の部屋の配置はもうあーじゃない、こうじゃないと話し合いが済んでいる。それを基準に必要な素材集めをしたからな。

「と、ここはキッチンとダイニングだから壁なし。リビングも壁取っちゃう？」

「広い方がいい！」

「だだっぴろくしようぜぇ！」

「広くていいでしけど、走り回るのは却下でし」

「現実世界では考えられない壁なし柱なし木造建築」

現れた広々とした部屋にちょっと感動。さすがファンタジー。

「独断と偏見で、一箇所木の枝そのままね」

お茶漬が言うように、立派な枝が床から天井までを貫いている。

「いいんじゃない？」

「うん、いいと思う」

ペテロに追従する私。

「あ、メニューにハウスの図面でてるじゃん。こっちで配置できる」

私たちの希望の図面と、メニューウィンドウのハウスの図面を同時に開き、部屋を足してゆくお茶漬と、それを覗き込む私たち。

「二階はもう部屋配置終了。下の生産部屋はどうする？　予定通り一階にサイズ合わせたら、幹からはみ出てて間抜けじゃない？」

「枝のある一階とか二階は幹からはみ出ててもいいけど、下がはみ出すのは格好悪いな」

想像したのかシンが腕を組んで渋面を作る。

あーだこうだと当初の予定とレイアウトを多少変更し、ハウスのレイアウトは完了。

「玄関《ここ》に『転移プレート』設置でいいか？　リビングにするか？」

「客も来るかもだし、玄関でいいんじゃね？」

「どこでも！」

シンはともかくレオは考える気はあるのだろうか。感覚で生きている男はこれだから！

「他に設置すると玄関使わなくなる未来が見えるから玄関で」

「そんな気がするね」

ペテロが同意。

「せっかくだからちゃんとお外行くでしょ」

お茶漬が怠惰から来る未来を見通した結果、『転移プレート』は玄関に設置された。

「僕は転移の登録とかハウスの来客設定とか、とりあえずしとけばいいのかな？」

お茶漬が言いながらハウスのメニューをいじる。

「頼む」

「お願い」

「ありがとでし」

私とペテロ、菊姫が願う。

なお、シンとレオはあっちの隅からこっちの隅へと無駄に移動してみたり、反復横跳びをしたりしている。

「とりあえず今のところ、出入りの許可はこのメンツだけにしとくね」

ちゃっちゃと設定するクランマスターのお茶漬。

「私は家具やらの買い物の転移承ります」

「おお、みんなで買い物しようぜ～!!」

来客があるときはパーティー単位の六人があり得るので、リビングはかなり広くなっている。そのリビングの壁から屋根へと小枝が二本抜けていてツリーハウスらしく、なかなかいい感じだ。広すぎる部屋の区切りにもなっている。

「じゃあ各自、自分の部屋へゴー！」

お茶漬の言葉とともに、リビングに上への階段が出現。

「お！　階段でたー！」

レオが歓声をあげる。

「やったぜ！」

弾丸のように階段を駆け上がり、自分の部屋に飛んで行くシンとレオ。

「ホムラは本当に窓のない北の部屋でよかったの？」

同じ方向に歩く、向かいの部屋のペテロが聞いてくる。

ペテロの言う通り私の部屋だけ完全に幹の中で窓が無い。玄関を基準にすると、壁が外に出るにはちょっと足りなかった。

「ああ。個人ハウスも持つ予定だし、ここの風景を部屋から見たくなったら、上の枝にでも小さいツリーハウス造るから大丈夫。それに続き部屋で増やせるし」

『建築玉』で部屋も後からいくらでも付け足せるのだが、幹からはみ出てると不恰好になるため、部屋の広さを調整しながらか、他の木に新しく造るか。

北側は西の端から、私の部屋、階段と倉庫——倉庫の部屋に階段をつけたとも言う——、二部屋分の客間、東の端がお茶漬の部屋。南側は西の端、私の向かいがペテロ、隣が菊姫、レオ、シン、お茶漬。お茶漬の部屋は東側北と南二部屋分。

南側は玄関基準なのでギリギリ幹の外に壁があり、窓があって明るいが代わりに拡張性がない。

レオとシンは他の木にツリーハウスというかアスレチックを造るつもりのようなので、ハウスの部屋を拡張する気はないそうだ。

菊姫は「部屋を増やす金があるなら服にする」と言い切っている。

お茶漬曰く「レオとシンは金欠でどうせ増やせないでしょ」
と、いうわけでお茶漬とペテロ、私が角部屋なのだった。個室の代金はそれぞれで持っているのでお茶漬は二部屋分すでに払っている。そこはかとなく私より金持ちなんじゃあるまいかと、そんな気配。

販売は時価情報を調べたりマメで要領がいいと、生産やドロップ目当てで戦闘をせずとも、買取して販売するだけで儲かる。値上がりしそうなアイテムを安いうちに買い込んで、需要が多くなるまで寝かせておくとか、予測と計算高さも必要で、お茶漬の方法は私には真似の出来ない稼ぎ方だ。おまけにお茶漬は需要が多いか、切れないような生産を選んでする。

私はマメに調べるよりも戦いたい脳筋です。

ペテロと廊下で別れ、背中を向けてそれぞれの部屋に入る。

部屋に入るとここもまた箱の中。もともと結構広めなのだが、壁・床・天井が同じ素材なためかガランとしてさらに広く見える。なんだか変な気分だ。

闘技大会の暇な時間に間取りを話し合い、もうサイズは分かっていたため、仕事中(爆)にメモした図の記憶に沿って『意匠玉』で間仕切りの壁を造る。開店と同時にトリンの店に駆け込んでカタログを指さした迷惑な客とは私のことだ。

奥側に風呂と洗面所、ベッドを置くスペースを壁で仕切る。広く取った入り口側はゴロリと横になれるように三人がけのソファーとローテーブルを置きたい。

間仕切りの壁に合わせた、落ち着いたこげ茶色の木の壁、同じく床。四角かった天井を梁の見える勾配天井に替える。窓はないが、屋根裏っぽいというか穴蔵っぽいのがこれはこれでいい感じ。

店舗の部屋といい、私には屋根裏に対する憧れでもあるのだろうか？　単に秘密基地っぽくってわくわくするだけかもしれんが、自分の知らなかった一面だ。

うーん、やはり壁は少し替えたい。勾配天井を選んだ時、トリンに薦められたものを買うつもりだったのだが、その時は『ブランク玉』が足りず諦めた。今日も駆け込むつもりだったのだが、まあゆっくり部屋造りを楽しもう。

トリンの店では、個人ハウス用の『建築玉』も購入。こちらは崖の中に造る予定なので、玄関と岩の中を味わうための玄関からの廊下。台所とダイニング、居間。他は後でゆっくり考えようと思う。

私たちが買った島より、ファストやアイルの普通の土地の方が安いせいか、委託販売を覗くと、『ウォータ・ポリプの卵』とレアの『ファイア・ポリプの卵』の値段があまり変わらない現象が起きている。

まだ国を移動できない者や、土地を買う金のない者が、稼ぎどきとばかりにせっせとファイナに通っているらしい。なので安めのものがあったら買うようにして、せっせと準備だけはしている。

自室を確認した後、リビングに戻る。

「どこから行く？」

「とりあえず近いとこから？　ナヴァイ・グランデお願い」

全員もどったところで聞けば、お茶漬からの返事。

「おー！　ハンモック！」

そしてレオの謎の合いの手。おそらくベッド代わりに欲しいのだろう。

「はいはい」

返事をしてナヴァイに【転移】。

そして着いたナヴァイ・グランデの家具屋の店内で、獣人二人があっちを見て歓声を上げ、そっちを見て悲鳴を上げている。

「ぶあーーー!! 金たりねぇ!」

「俺もないけど、欲しいものはいっぱいある!」

「ウェスタンドア欲しいけど、つけるとこねぇ!」

「わははは! スロットマシン置こうぜ、スロットマシン!」

家具屋に何故かあるスロットマシンにレオが寄っていく。

「リビングに回るやつ、あの回るやつ欲しい!」

天井でゆっくり回るファンを指さし、シンが言う。

「うるさいでし」

「スロットは却下、自室に置いて。シーリングファン、つけてもいいけど部屋に似合うやつにしてよね」

お茶漬がシンとレオに釘を刺す。

「あてちはカントリーっぽくするでしよ。バロンのどっしりちょっと歪な家具で揃えて、パッチワークのクッションとかベッドカバーするでし」

菊姫は明確に部屋のコーディネート案がある様子で、見ては回るがこの店では何も買う気がないようだ。

「あ、ちょっと菊姫、キッチンに合わせてダイニングの家具一緒に選んで」

お茶漬が菊姫を捕まえて頼んでいる。

キッチンは私がすでに独断と偏見で整えてしまったのだが、扉がないのでダイニングから入り口付近が見える。お茶漬としてはその雰囲気に合うように揃えたいのだろう。

「和風にしたいんだけど、難しい」

店内を見回し、どの家具にも近づけずにいるペテロ。

「とりあえず今回は『らしい』くらいで我慢して、個人ハウス建てた時に本格的にしたらどうだ？　そのうちプレイヤーにも家具作りを始める人が出るだろうし」

ハウスが解禁になったのが最近なので、家具系の生産者はまだほとんどいないのだが、すぐに増えてくると思う。

「そうする」

肩をすくめて諦めた様子。

そもそも畳がないので、板の間っぽい部屋に家具を配置することになる。私もあちこち見に行っているが、今のところ和箪笥やちゃぶ台っぽいものは影も形もなかった。

米があるというフソウ――たぶん扶桑？　に行けるようになればきっとそこが日本風のエリアなのだろうとは思っている。

「後はちょっと高くなるが、サーで注文して窓の内側に格子をつければ、それっぽくはなるんじゃないか？」

外観の問題もあるので窓そのものは替えられない――システム的には替えられるが、お茶漬の意向で――が、内側ならば問題ない。

「なるほど。ちょっと室内明るすぎたし、ちょうどいいかも。ありがとう」

ペテロの機嫌が上向く。

さて、私はどうしようかな？

窓のない部屋だし、イタリアかどこかのワインセラーを改装したようなイメージで造るつもりでいる。壁や床は後で替えるとして、必要なのはログアウト用のベッドと……ベッドだけだな。いや、風呂もいる。間仕切りの壁はもう設置したし。

うん、ベッドと風呂を選んで、それに合わせて他の家具を選ぼう、使う予定がないので飾りになるが。後は間接照明にして、と。

カビの心配をしなくていいので、海外のようにバスタブの隣にソファーを置くことも可能、なかなか自由度が高い。

ああ、だが風呂といえば。

「お茶漬」

「何？」

「客間ってどうする？」

お茶漬を捕まえて聞く。

「あそこは最低限の家具いれとけばいいんじゃない？　ベッドだけ」

アイテムポーチがあるので、客用のクロゼットのようなものは必要がない。

アイテムポーチは油断しているとすぐいっぱいになるので、戦闘に必要のないものを置いておくために、自分の部屋にはクロゼットやチェスト、倉庫などが必要になるのだが、一時滞在の客には不要だろう。

なお、私は【ストレージ】があるので、『雑貨屋』の商品や素材用、設定した任意の人物が出し入れできる共有倉庫のようなもの以外は必要がない。それはそれとして本棚は欲しいが。

「風呂は？」

「あー。どうしようか？　部屋に造る――今ある階段の後の倉庫潰して風呂にする？」

お茶漬がしゃべっている途中で、レオとシンを見る私。

その視線につられて、お茶漬も二人を見る。そして、途中で言いかけた言葉を変える。金のない二人組が個室に風呂を置くことができるか、私と同じく考えているのだろう。

【生活魔法】があれば、風呂は必要がないといえばないのだが、やはり湯船には入りたい。それはどう考えてもレオとシンも一緒。

「そうするとお茶漬と菊姫、倉庫足りなくならんか？」

お茶漬が生産をする時、よく菊姫が素材までの生産を請け負っている。ショートケーキでいうと、菊姫が牛乳から生クリームを大量生産して、お茶漬がその生クリームと他の材料で完成品を作るような感じだ。素材のやりとりは共有倉庫があった方が早い。

「なるねぇ」

おそらく今までのゲームの経験からして、レオもシンもアイテムポーチでは持ちきれなくなったいらんものを、売るでもなく捨てるでもなく倉庫に突っ込む。だがそこはそれ、整理整頓が得意なお茶漬と菊姫がなんとかするだろう。

「客間、どうせベッドしか入れないなら少し削って、隣に独立した風呂と洗面所でどうだ？」

客間はパーティー単位の六台ベッドが入ればいい。

「そうだね、そうしようか。広いお風呂が一つあってもいいし」

そういうことになった。

クランのメンツも客も使えるよう、階段と倉庫、客間の間に風呂用の部屋をもう一つ。これは後で『建築玉』で増やす。客間のベッドはお茶漬が出すと言うので、風呂の分は私が出すことにした。

「じゃあ、コーディネートお願い」

そして選ぶのも私になった、おのれ……っ！

その後も自分の買い物とみんなの買い物のためにあちこち転移して、ベッドやソファー、絨毯などを購入。まだ暑いというのに、つい石造りの暖炉まで買ってしまった。

金が無い！　というシンとレオのために、ドロップが高く売れそうなところを選んで何度か戦闘したりでシンたちのログアウト時間が来たため、パーティーは解散。販売と生産をするというお茶漬やペテロと別れて『雑貨屋』に向かう。

あれです、ついでに『雑貨屋』の自室用の寝具をようやく購入しました。

「お帰りなさい、主」

ベッドと布団一式を無事設置して階段を下りると、年齢不詳の美形が穏やかに微笑んでくる。

その隣の竜人共々、ベイクドチーズケーキを手づかみで口に持っていきかけてるタイミングだったわけだが。

この二人は【気配察知】やら、それより精度の高い察知系のスキルを常時展開してるっぽいので腹が減るのは仕方が無い。お陰で開店時はいつも混んでいる割にトラブルはほとんど無い。……食い荒らすのが甘味だけなことには突っ込みをいれたいところだが。

「主、お帰りなさい」

「お帰りなさい」

本日も閉店予定時間前に売り切れたのか、ラピスとノエルもいて、左右から抱きついてくる。

ただいまと答えながら、二人を撫でる。ラピスはふかふかもふもふ、ノエルはしっとりサラサラな髪だ。尻尾もきっとそうなんだろうな、などと想像しつつ思う存分もふりたい誘惑に耐える。

「そういえば、お客様から複数『優勝おめでとう』と伝言をもらいましたが、闘技大会は優勝したんですか？」

レーノが伝えながら聞いてくる。

さっき売買の履歴をみたら一言メッセージもおめでとうの嵐だった。観客からは、変な仇名……じゃない、称号つけられた記憶の方が強いのでストレートなお祝いが少し嬉しい。

「ああ、優勝したぞ」

「主、おめでとうございます」

「主、おめでとう」

私に体を預けるように抱きついている二人が、私を見上げてお祝いを告げる。可愛い。

「おめでとうございます、バハムート《幻術》を使ったというのはもしかして主ですか？」

「もしかしなくても私だな」

カルは花を降らせたことまで知っているのか、噂の速さは侮れないな。

「おめでとうございます。幻術と糸とミスティフですか？　ミスティフは姿を隠されると厄介ですね」

レーノは出会った時のことを思い出しているようだ。

「ありがとう、白は大活躍だ。ところで店はどうだった？」

「変わりありませんが、少し売り切れるのが早くなった気がします」

ちょっと照れるので話題を変えると、ノエルが報告してくれる。

その後はラピスとノエルが帰る時間になるまで、話題に上がった白の事を話したり、ファガットのお姫様の話をしたりして過ごした。

左右から抱きつかれて座りどきがわからんので、椅子をやめてソファーか、絨毯とクッションで床に座るか、ちょっと考えたい今日この頃。だがスペースないんだよな、酒屋の三階に手をつけるか。いや待て。ソファーを導入すると左右からずっとくっつかれっぱなしになるのだろうか。もふりたい欲求に葛藤している私を、キラキラした目で見つめるのは控えていただきたい今日この頃。

そしてそろそろ私もログアウトして寝ねば、明日の朝がやばい。

三　炎熱の病

帝国からアイルへと至る小国への道は閉ざされていた。それを承知で、関所のない遥か昔に打ち捨てられた古い道を来たというのに、すでにこちらも手を回されていた。

ガラハドたちが「あの方」と呼ぶ古き魔法使いは、地元の古老さえも忘れかけた道そのものより、長く長く生き、そしてこの国に誰よりも詳しい。

「ここも駄目か」

「いよいよ金竜パルティンの道を行くしかないな」

「……」

カミラの意識は混濁し始め、歩く事さえままならない。今はイーグルの背の上だ。

意識が浮上するたび、男たちに自分を置いて行けと訴えるも、二人はそれを聞き入れず、カミラを背負って道とは言えない道を来たのだ。

「ここを突破するのは容易だが、騒ぎを起こせばあの方に伝わる。そうなったら本格的に疑われて追われる羽目になる」

「……パルティンが留守なのを祈ろう」

三人は少し前まで、あの方の知識や叡智が善きこと以外に使われるなどと思ってもみなかった。あの方は三人の事を疑っているわけではない。疑っているわけではないが、ほんの少しあやしんだ。

そのほんの少しで、ここまでの手を打つ。表向きは三人を国外に出さないためでなく、国のため民のために見えるような綺麗な理由をつけている。善きもののフリをしている限り、瑕疵《かし》のないガラハドたち三人を大っぴらに処分はできない。その事がかろうじてガラハドたちを救っていた。

アイルに抜けられないなら、行先はもうターカント公国迷宮都市バロンしかない。バロンへ抜けるためにはパルティン山脈を越えるしかないが、恵み多き北西の裾野に比べ、山頂と南のバロン側の山肌は金竜パルティンの気性を映すのか険しい。唯一抜けられる道はその金竜パルティンの狩場だ。

金竜パルティンは青竜ナルン、火竜グラシャよりも気が充実し、覇気に富む。特に攻撃的になる発情期の近い今、見つかったら命はないだろう。

エルフの住む大陸、ノルグイェル大陸への海路はとうの昔、あの人が追い立てられた頃にはもう閉ざされていた。

そして気づけば、櫛の歯が欠けたように仲間だった騎士が消えていっている。一体この国はいつから蝕まれていたのだろうかと、来た道を戻りながらガラハドたちは思う。

こんばんは、レーノに颯爽と跨って例の島にやってきましたホムラです。

うん、竜に乗って海の上を颯爽と飛んだよ！……とても自分で颯爽と思えないのは竜の姿より人型の方が見慣れている上、内臓シャッフル号のイメージが先行しているためですね、わかります。

「この辺にしようかな？」

「崖の中に造るんですか？」

樫の森を抜けて、日当たりの良い崖を見上げる。

ここに辿り着くまでに、美味しいお肉のメタルジャケットボアくんをたくさん狩っている。戦闘はレーノが活躍してくれていたので、私は【気配察知】と【糸】を織り交ぜて、ボアのいる位置を割り出していただけだが。レーノが戦闘している間に、次のボアを見つけて【誘引】を繰り返し、結構な量が獲れた。うん、私もレーノも、ちょっと目的を見失いかけていた。

「景観壊さないし、秘密基地みたいでいいだろう？　ミスティフも人の住む家が見えると落ち着かんかもしれんし」

『建築玉』を使うと崖に小さな穴が開いた。『意匠玉』でこれまた小さな木の扉をつける。後で扉の傍に細い木と、蔦を植えよう。

「いえ、まあこの島ならそのまま住むのもいいですかね？　でもパルティン様が言っていたのは、ハウスの中に造る【箱庭】のことだと思いますよ」

「そっちか」

ハウスや買い取った店舗には【箱庭】の機能が付加できる。

ハウスと同じく許可されたものしか入れない空間だ。そこで農業やら牧畜も可能らしいので興味はある、馬鹿高いが現在買えないわけでないところがまた……、少し販売量増やそうかな。ハウス自体が最近取得者がポツポツ出てきた程度なので実際【箱庭】がどんな具合なのか情報がない。

どちらにしても家は必要なので、いいだろう。

扉を開けると設計のとおり、狭いながらも玄関その先に居間がある。岩壁の通路や台所などの用意もあるのだが、取得するための申請が通らないと無駄になるので、とりあえずこれで証明用の記録をとる。島を回って他に建物がないのは確認済みなので大丈夫だとは思うのだが。

「ではさっさとバロンに提出しに行こうか」

「そうですね」

再びレーノに乗って、海の上を移動。慣れん。

発見した島を所有するには、島に一番近い冒険者ギルドに書類を提出し、審査を受ける。どこかの国の所有でないこと、他に個人の所有者が居ないかを各国に問い合わせるため、結果を貰うまで十日ほど待たされる。国のものなら地図に記入してあるはずで、個人のものだったなら建物がなくなっている時点で権利は消えている。

一応、どちらも確認済みであることを告げてギルドに書類を提出する。

「さて、とりあえずは完了だな」

「お疲れ様です」

バロンのギルドを出て、神殿に向けて歩く。

一の郭にある旧市内は、建物も小さく道も狭いが歩きやすい。

「審査が通れば、満月にはギリギリ間に合うか」

「間に合わなくとも平気ですよ？　パルティン様は次の満月とおっしゃいましたが、流石に島を探して家を建てるまでには短すぎます。期限は期待であって本気ではないはずです。ミスティフたちも、今回の満月に安全をとってパルティン様の側に居て属性の偏りが出ても、島に移動すれば散らせる範囲でしょうし。今までは移動したところで山の中、パルティン様の気配が濃いか薄いかの違いだけでしたから」

「なんだ、早く言ってくれ。もう少しゆっくり選んでもよかったのだな」

「次の次の満月に間に合わなかった、とかがありそうでしたからね」

だから黙っていました、と、神殿に向かって連れ立って歩くレーノが言う。

闘技大会やらクランハウスやらとウロウロした挙句、異邦人特有の数日間の眠り《ログアウト》があれば心配になるのも当然だ、言い返せない。

「ん？」

「どうしました？」

「いや、メールが入った。誰だろう？」

本日は夜遅かったため、クランメンツは少し前にペテロの他はログアウトしている。ペテロのログアウト《おやすみ》メールだろうかと思いながらメールを開く。

ガラハドからだった。

「友人から呼ばれた。ちょうどこの町の宿屋にいるらしい」

「貴方が青い顔をするのは珍しいですね、僕はどうします？　手伝いは要りますか？　先に戻りますか？」

レーノが聞いてくる。

メールには、カミラが倒れて意識がないことと直ぐに来てくれと書いてあった。

「いや、一人臥せっているようだ。メールの文面から他の二人も状態が良いように思えない。念のため、つき合ってくれ」

ガラハドたちがいつも泊まっている、一の郭の宿ではない場所が書かれていたため、そちらも少し訝《いぶか》しい。

もし、カルと同じことになっているならレーノを巻き込むが、まあカルが店舗にいる時点で今更だし、ガラハドたちが三人とも具合が悪かった場合、一人では手が足りないことも考えられる。悪いがここはつき合ってもらおう。

急いで指定された宿屋に行き、部屋に行く。宿屋は少し通りから外れた、目立たない場所にあった。受付に誰もおらず、少し胡散くさい宿だ。

「すまん、入ってくれ」

ノックをし、声をかけると直ぐにガラハドが迎え入れてくれた。

久しぶりに会った二人は憔悴した様子で目の下にクマまでできている。

「そっちは？」

「ドラゴニュートのレーノだ。律儀で真面目で義理堅いぞ」

ちょっとただならない様子に、簡単にレーノは信頼出来ると告げる。

ついでに『回復』と『リフレッシュ』。イーグルも【神聖魔法】を持っているはずなのに、自分たちにかける余裕もなかったようだ。いや、かけていたがそれを上回るストレスがあったのか。

……ベッドに寝かされた、カミラに魔法をかけても反応がない。汗で化粧は流れ、上気した思いの外あどけない顔に汗をかき、眉を寄せている。見ただけで高熱とわかるような、そんな姿。

「どうしたんだ？」

「すまん、火華果山《かかかざん》に付き合ってくれ。カミラの『炎熱の病』は、そこの『火華果実《かかかじつ》』で熱を奪うしか治す方法がない」

切迫しているらしく、経緯などはすっ飛ばして頼みを口にするガラハド。

「それでカミラが――」

「あの灼熱と炎爆の火山にホムラを連れて行くんですか？」

言い終える前に、レーノが非難するように口を挟む。

あれ？　ちょっと怒ってる？

「ホムラは【火の制圧者】と【環境を変える者】を持ってたよな？」

「ああ、持っているな」

ガラハドの言葉と私の返事を聞いて、レーノがギョッとしたような顔をしてこちらを見てくる。

ドラゴニュートの表情って最初はわからなかったのに、最近は慣れてわかるようになった。

称号効果を確認するためにメニューを開き、普段は見ずに放置気味なクエスト情報を確認した。

私もカミラが心配なのだ、少しでも情報が得られるのならば僥倖だ。

現在受けているクエストの一覧、『炎熱の病』の表示の横には『タイムアタック』の注意表示が出ている。おそらく熱に浮かされたカミラを見た時か、この部屋に入った時に始まったのだろう。そして、受ける受けないにかかわらず、決められた時までにクエストを終えなければカミラは病に負ける。

開いたクエストの説明は、ガラハドが口にしたものとほぼ一緒。火華果山に行き『火華果実』を手に入れ、時間内に『炎熱の病』を治せ！　だ。ただ、はっきりした制限時間の表示は出ておらず、代わりに火華果山エリア到着後に本格的にタイムアタックが始まる注意書き付き。

火山に着いたら急がねばならない。逆を言えば、まだ本格的なタイムアタックが始まっていない今は、カミラの病状の進行も緩やかということなのだろう。

おそらく、火山に行きさえしなければ、現実時間で何日か後でも間に合う時間配分、でないと現実時間の深夜にクエストが発生して、翌日仕事がある人は泣く。私は今日遅かった分、明日は仕事が午後からなので行ってしまうが。

時間がまだあることに安心しつつ、クエストのページにあるタイムアタックのバーを、視界の右上あたりに引っ張り出す。これでこのクエスト中は、ウィンドウを開かなくとも半透明のバーが見える。

【火の制圧者】は、火属性系からのダメージ半減、灼熱などの気候、溶岩などの地形からのダメージ効果無効。【環境を変える者】は、灼熱や極寒、多湿やらの体調ステータスに影響を与えるレベルの環境からの影響を緩和する。……この称号、長生きなドラゴニュートから見ても珍しいのか？

もしかして？

「なるほど、その二つの称号があれば、あの過酷な環境はクリアできますね」

納得したのかレーノの雰囲気が戻る。

「もちろん一人で行かせるつもりはない。称号効果はホムラの近くにいれば俺たちも恩恵に与れる」

「え？　もしかして道中ずっとくっつかれてるのか？」

すごい嫌な絵面を想像した。

「離れるほどに効果は薄くなるけど、それじゃ戦えないよ」

「ダメージくらうのは覚悟して、回復薬を大量に持ち込むつもりだ」

イーグルの言葉をガラハドが継ぐ。

ああ、そういえば。

「わかった、付き合おう。ただし、これを装備することが条件だ」

そっとガラハドとイーグルにそれぞれ小さな布を渡す。

「何かな？」

「何だ？」

無防備に受け取る二人。

「受け取ったな！　よし!!」

【破棄不可】だが【譲渡不可】はついていなかったそれは、ガラハドたちが受け取った時点で【譲渡不可】になったはずだ。

友人知人はレオが回すもんだから、すでに持ってる人ばかりで扱いに困ってたんだよな。しかもこっちは下手に神器だったりするし。

「おい、ホムラ！　なんだこれは！！！」

受け取ったモノを確認したガラハドが声を荒げる。

「ホムラ君？」

イーグルの君付けが復活してしまった。

「今はおふざけに付き合ってる気分じゃねーんだよ！」

布切れを持ってぷるぷるしているガラハド。

「いやいや、ふざけてないぞ」

「これのどこがふざけてないんだ！」

私が渡した布切れ、金色のブーメランパンツ――水の女神ファルの神器――を、バンッと両手で開いて迫ってくるガラハド。

が、その隣でイーグルが崩れ落ちた。

「どうした⁉」

ガラハドが驚いてイーグルに聞くが、銀のブーメランパンツを握りしめ、床に四肢をついてうなだれたまま動かない。心なしか影を背負っているふうでもある。

「……私の今の装備より能力が高い……」

うん、能力見たのだな。私も初めて見た時どうしていいかわからなかった。

ついでに言うなら、落とした紫パンツより、おまけで戻ってきた金銀のほうが、泉のお約束でか性能がいい。……パンツに使うと嫌な字面だな性能。

怪訝そうな顔で、自分の持つパンツに視線を移すガラハド。おそらくこれから【鑑定】をブーメランパンツに使う。

「【全気候耐性】……神器……」

ガラハドもイーグルの隣に崩れ落ちた。


「ちょっとお伺いしていいですか？」

「何だ？」

未だ立ち直れていないガラハドとイーグルを尻目に、カミラにもう一度回復を試みながら、彼女の汗を拭っているとレーノが話しかけてくる。

一応、私の持つ回復には病を癒す効果がついとるのだが、『火華果実』でしか熱を奪えないというのが確定なのか、私の回復のレベルが低いのか、カミラが良くなる様子はない。

「僕はドラゴニュートですが、様々なパターンに当てはめて、比較的人間の機微というものを測るのが得意になったと自負していたのですが」

「うん？」

下手すると私より空気読めるよな、レーノ。でも言葉のニュアンスからすると、感情的な共感ではなく、経験からの推測だったのか。

「後学のために、この男性二人が何故、下着を握りしめて打ちひしがれているのか、教えていただけますか？」

「……なんでだろうな？」

レーノの学習意欲が高いのは承知だが、答えにくい質問である。しかも冷静に言葉にされるとひどい。

「……私がうちひしがれてるのは、今まで苦労して揃えた装備よりもこの布切れ一枚のほうが性能がいいという事実。そして火華果山へ行くという、けっこう命がけな決意をしたところで、パンツで問題が解決する不条理。なによりこれからこれを穿かねばならない現実が受け入れられないからです」

すごく弱々しい声が下から上がってきた。

「俺のここしばらく続いた苦労とか悩みとか弱さとか葛藤が、なんでパンツに解決されなきゃなんねーのか納得できない……」

隣からも疲れた声が這い上がってきた。

おかしいな、さっき『回復』と『リフレッシュ』が効いていたと思うのだが、なんでこんなに二人とも疲れてるんだろうな？　と白々しく思うワタクシ。

使わないときは収納しておけばいいよ！　荷物に三枚あって、ものすごく気になったけど、ようやく紫一枚になって私はちょっとホッとしたよ！

「そんなに凄いんですか……」

ものすごく不審がってるな、レーノ。

「見たければどうぞ。【譲渡不可】で譲りたくとも譲れませんが」

少し復活したらしいイーグルがレーノにパンツを差し出す。

「なかなかシュールな光景だな」

「誰のせいですか！　誰の！」

「そうだ！　なんでパンツなんだ！　これがマントや普通の装備なら受け入れられたのに!!」

呟いたら感情の矛先が私になった。

「私のせいじゃないぞ？　その文句は残念女神に言ってくれ」

私だって困惑した一人なのだ！

「うわぁ、【全気候耐性】【鋼の肉体】【結《むすび》の魔体】ですか。素の防御力も破格ですね。それに【魅了】【破棄不可】【譲渡不可】。……さすが神器、といったところですね。何故これを二着も持っているのかが謎です」

レーノがブーメランパンツの性能に呆気にとられている。パンツにツッコミはないの？　パンツなのはいいの？

【鋼の肉体】【結の魔体】はそれぞれ物理防御と魔法防御の増大だ。私の持っている紫パンツは素の防御力はそこまで高くないが、同じ効果がついているため、下手をすると、いや、防御面だけ考えれば白装備をぶっちぎる性能である。強いて言うなら精神系の状態異常に弱いのか。素の防御だけでも入手時の私の装備よりはるかに良かったしなあ。

そして防御力が金銀より低い代わりに、紫は丸見えにしたときの【魅了】の効果が無駄に最大。

何を考えてるんだあの残念女神。

……肝心なときに効果のない【魅了】ってどうなのかね。半脱ぎ推奨なんだろうか？

「とりあえずここにいても仕方がない。私の店に行こうか？」

「店？」

「ああ、そういえばファストに店を開くとか言っていたね」

イーグルが思い当たったように言う。

本格的に雑貨屋を始めたのは、ガラハドたちとファル・ファーシを倒した後だったため、詳細は告げていない。

「ホムラ、ファストのその店はオレたちにとって都合がいい。あの方でもファストの神殿とギルドには手を回せない。だが、お前にとってはいい話じゃないぞ」

真面目な顔でガラハドが言えば、イーグルもデメリットを告げてくる。

「私たちの相手は齢《よわい》一千年を超える魔法使いだ。今はまだはっきりと敵対はしていないけど、あの様子では、出会ったついでに殺そうとする程度はされるよ」

ギルドは冒険者ギルドか？　ファストのギルド長には会ったことがないが遣り手なのだろうか？

推定名マック＝ドナルドさん。

「僕やカルは平気ですが、ラピスとノエルはちょっと心配ですね」

レーノが少し頭を傾ける。

「不経済だが、ガラハドたちは転移以外で出入り禁止で。今更な気もするが」

「ああ、貴方がいつもやっている……。それならば場所はバレようがないですね」

レーノの同意ももらえた。

魔法使い、推定マーリンと敵対しているのならば、三人はカルを追う騎士ではないのだろうし、迎え入れても問題はない。

「巻き込むぞ？」

「今更だ」


そういうわけで、帰って来ました私の店舗。

【転移】してそのまま私の部屋にカミラを寝かす。使ったことのないベッドは、そのまま彼女の病床になった。

「カミラの世話を下にいる店員さんに頼んでから出発だな。レーノも含めて外に漏らすような事はないから安心してほしい」

「ああ、頼む」

「私も挨拶したい」

イーグルが店員さんに挨拶をしたいと言うので、階下へ。

「ちょっ……っ！！！」

「主、この二人は？」

そして店員さんへの挨拶現場。

カルが目を据えて、警戒している、声がいつもより低い。ガラハドたちは単純に驚いているようだ。

「ああ、やっぱり知り合いか。悪い魔法使いから逃げてきたそうだ」

ひらひらと手を振り、早々に敵対的な立場ではないことを告げる。

「な、んで、あんたがここに⁉」

「ご無事だったのですか⁉」

無事じゃなかったけど今は無事です。

治療《ぼくさつ》現場も無事じゃなかったのに無事だったし。

「ラピス、私の部屋に病人がいる。女性なのだが、着替えをなんとかできるか？　取り敢えず私のローブに」

何か感動の再会らしきものが始まったので、私は私の仕事をすることにする。

ガラハドたちの目に涙が盛り上がっているのを見て、なんだか気恥ずかしい。そっと部屋を抜け出し、カミラのいる自室へ。

カミラは戦闘をする装備のままだ。【生活魔法】を使って清潔にしたものの、病人着には向いていない。着替えさせたいが、私が脱がすわけにもいかん。

とりあえずカルの出現に思考が追いついていないらしい、ガラハドとイーグルは放置してカミラの世話をラピスとすることに。

「主、背中持ち上げて」

「こうか？」

あれです、目隠ししてカミラの体を支えるという、少しエッチな少年漫画の主人公みたいな体験をしています。

ラピスの指示で腕を持ち上げたり、脚を持ち上げたり。うん、目隠ししてるから変なところに触っちゃうのも仕方ないよね！　素肌に触るのが憚られて、手袋してるけどね！　目隠しで妄想が加速してやばいです、先生。

「主、困った。下着がない」

「ぶっ！」

「ローブだけでいい？」

ラピスが小首を傾げている気配がする。

いや、あの【生活魔法】で綺麗にしているし、下着までは脱がせなくてよかったんですよ、ラピスさん!!

カミラ今、ローブの下素っ裸？　いやその前に、ローブ着せる前は素っ裸だったのか!?　私、穿いてない脚を持ち上げてた！？？

「魔物からのドロップ品でも構わんか？　女性の下着はわからん」

そっと『快楽の欲望サキュバスのスキャンティ』を出す。出してしまったあたり、私も相当混乱していたと思う。この状況はもしかして【アシャのチラリ指南役】が効いてしまったのだろうか。

「ん。問題ない」

淡々としているラピスが頼もしいが、とんでもないことをやらかしそうで不安でもある。

「主、ラピスがんばった」

ドキドキピンクなカミラの着替えを終え、目隠しを外すとラピスが抱きついて、私の服に顔を埋めてくる。耳がピクピクしているところを見ると、撫でてほしいようだ。

「ああ、頑張ったな」

いろんな意味で。大活躍ですよ。

ガシガシと頭を撫でてやる。ノエルは優しくなでられるのが好きだが、ラピスは耳と耳の間の頭頂部を耳を含めて、少し強めにガシガシと撫でられるのが好きだ。

ああ、『浮遊』をカミラにかけておけばもう少しスマートにいけたろうか。カミラが起きたら、サキュバスのスキャンティの言い訳どうしよう……。


「イテテテテテテッッツ」

下に下りると、ガラハドがカルに頭を掴まれていた。見事なアイアンクロー。感動の再会からどうしてこうなった。さっきとは違う意味で涙目なガラハド。

「お前というやつは、よりによって主に迷惑をかけるとは！」

「離せ！　クソジジイッ！」

ジジイ？　カル、本当にいったい何歳なんだ？　髭だった時から、老人のように感じたり、思ったより若そうに感じたり——まあ、髭を剃った今の姿はガラハドより上だが、ジジイと呼ばれる歳ではないと思うが。

「ぎゃあッ！　ミシミシ言ってる、ミシミシ言ってる!!」

ガラハドが掴まれている横で、イーグルが優雅にお茶を飲んでいた。

ノエルかレーノが出したのだろう。えらいこと騒がしいが気にならないのだろうか。慣れていそうなイーグルはともかく、レーノとノエルも通常運転なんだが。

「主、ラピス、おかえり。どうでしたか？」

ノエルが私に気づいてお茶を出してくれる。

「とりあえず着替えさせて寝かせている。すごい熱だな、『炎熱の病』とはよく言ったものだ」

四十度以上の熱が三日以上続くと脳がやばいんじゃなかったっけ？　男はナニもやばいが。それともこの世界では【耐性】があるから現実世界とは違うのだろうか。

「『炎熱の病』は病とは言っているが、火属性の暴走だよ。運が良ければ何事もなかったように熱が下がるんだが、起きた時には良くって火属性が無くなって、MPも半減している。下がらなければ自分の中の火に命まで焼き尽くされてしまう。——カミラはまだ大丈夫」

私の顔を見て、大丈夫だと付け加えるイーグル。

タイムアタックのバーから逆算して、大丈夫だろうとはわかっているが、病の結果を聞くとやはり焦りが出る。逆に色々手段を講じたガラハドとイーグルは落ちついたようだ。

「火属性強そうだものな。二人は大丈夫なのか？」

この場合、強いことが良いことなのか、悪いことなのか判断がつかんが。

「なんとも言えないな。今回のことで、もしかしたら、この病はあの方……魔法使いマーリンが人為的に起こしている気がしてきたよ。ランスロット様が一番最初に狙われたのも、強さ、人望もさることながら騎士の中で唯一火属性を持たないからかもしれない」

とうとうカルの名前が大っぴらに、しかも様つき。

「難儀だな」

「巻き込んで申し訳ない。申し訳ないが……」

「なんだ？」

「ホムラ、な・ん・で・あの人がここにいるのかな？」

打って変わって、にっこり笑顔のイーグル。

「用心棒に雇ったから？」

「『最強の騎士』の名を持つ男が、雑貨屋の用心棒なんて聞いたことがない！」

首を傾げる私。

「あたたたたたたっ」

イーグルにほっぺたを掴まれた！

「賑やかですね」

我関せずとお茶を喫するレーノ。

私とイーグルを見て、止めた方がいいのか戸惑っている風なノエルとラピス。

雑貨屋の夜は私とガラハドの悲鳴で彩られる。

「とりあえず食事だな。ＥＰの回復もあるが、少し気を静めたほうがいい」

白装備を解いて台所に向かう。

ガラハドとイーグルもだいぶ消耗している、魔法では回復できない心の問題もあるだろう。さて、ペスカトーレあたりでいいかな？

具材は『白帆ホタテ』『矢車海老』『一番ヤリイカ』『朝アサリ』――どれもレオ産。まずは下拵《したごしら》え、ホタテは貝柱だけにして、エビは背腸を取って縦半分にして頭部の黒い砂袋を取る。ヤリイカは目と嘴《くちばし》を取って一口大。

たっぷりなオリーブオイルにニンニクを投入、火にかけて香りをオイルに移す。玉ねぎのみじん切りを入れて軽く炒める。ぱちぱちとすごい泡。粗く切ったトマトは揚げるようにして、甘味を引き出す。バジル少々。

現実世界で料理するならば、普段からこのオリーブオイルの量ではちょっとアレだが。

魚介には塩胡椒をして別のフライパンで火を通し、焼き色をつけたら白ワインを注いで蒸す。貝柱を少し崩しながら、トマトソースを混ぜて完成。

「お待たせ。手を洗って食事にしよう」

「はい」

私と入れ替わりにカルが笑顔で台所に入るのを、正座をしたガラハドがすごい顔で見ている。説教でも受けてたんだろうか？

レーノ、ラピス、ノエルもカルの後を追い、手を洗いに行く。

「手を洗って来い」

固まっているガラハドとイーグルにもう一度声を掛ける。

「え、ああ？」

「一体何が……」

腑に落ちない顔のまま、みんなに続く二人。

誰かが綺麗にしてくれたらしいテーブルに、自分の分の皿を置く。残りの皿はカルとレーノが持ってきてくれるはずだ。

アイテムポーチに一旦しまって出してもいいのだが、全員が手伝いたがるのでその場で作る場合にはお願いしている。重かったり熱かったりするものは大人二人、子供二人はカトラリーなどの軽いものだ。

ペスカトーレのほかは、アイテムポーチからサラダとスープ、リンゴジュース。ガラハドはよく食うので足りなければ取れるように焼いたラムチョップの皿を中央に。シープシープの肉はまだ大量にある。

「いい匂いです」

一度に三皿料理を運びながらカルが言う。

そして後ろには、妙にゲッソリした顔をしているガラハドとイーグル。すぐ隣だし、台所への開口部にはドアもなく、何かを話していた気配はないのだが……。皿を運ぶ『最強の騎士』が珍しいとかそういうあれだろうか。

「飯、飯はうまいけど、今日は味がしねぇ」

「同じく」

「カミラが心配なのはわかるが、まだ大丈夫だからしっかり食っとけ」

食事しながら落ち着かない二人に声を掛ける。

「そっちじゃねぇ。いや、カミラも心配だけども」

「……」

ガラハドが小声でもごもご呟き、イーグルが無言でまなじりに指を当て軽くほぐす。

食事を終え、ラピスとノエルを送り、ガラハドたちから改めて事情を聞いた。

「『火華果山』ですか……」

『火華果実』を採りに『火華果山』に行くくだりで、珍しくカルの眉間にうっすらシワが寄った。

「僕は属性的に足手まといですので残りますよ」

「私も残念ながら。多少の火の気にはむしろ強いのですが」

あれかカルにはやっぱり『湖の乙女』が絡んでくるのか。人のくせに水属性？

「三人で大丈夫だぜ！」

「『火華果山』の攻略難易度が高いのは、環境の問題が大部分を占めますしね」

ガラハドはカルの前でも何時ものままだが、イーグルは若干かしこまっている。

私の持つ、【火の制圧者】と【環境を変える者】にカルも驚いた様子だった。やっぱり珍しいのか？　さすが初討伐称号？

「私は『火華果山』がどんなところか知らんが、パンツ穿いてる二人組に任せて大丈夫なのだろう、多分」

「主、それは……」

「僕たちが普段下着を穿いていないように聞こえますね」

言い方が悪かったらしい。カルが言い淀み、ガラハドとイーグルが視線を逸らしまくっている。

そういうわけで、留守をカルとレーノに任せて『火華果山』に出発する。

カルとガラハド達の話は今はいい、と言って説明を止めたのだが聞いても良かったかな。かつて敵味方に分かれたわだかまりもない様なので、聞かなくとも別にいいのだが。

『火華果山』の場所は、迷宮都市バロンのあるターカント公国の突端にあるそうだ。バロンに転移して、そこからは騎獣だ。

「レーノ君はわざわざ見送りですか？」

「『火華果山』まで距離がありますからね、必要でしょう」

イーグルに答えるレーノ。

「騎獣で行くし、道中戦闘は避けるから大丈夫だぞ？」

ガラハドが前を向いたまま言う。

四人で町の中を早足で急ぎながら話している。

「……ううう、出落ち」

いや、もうレーノは出てるから、出っぱなし落ちか？

ガラハドのタイルに乗せてもらいたい私がいる。何やらガラハドとイーグルは道中の露払いにレーノがついてきたと思っていそうだが、違う。

抵抗したんだぞ？　だがレーノが「パルティン様のご命令です。私は貴方の騎獣なんですよ？　それとも私があの二人の騎獣より劣るとでも？」という謎の騎獣としてのプライドを発揮したため、断りきれなかった。

「じゃあ行くか」

町を出た人目につかない場所でガラハドがタイルを呼び出す、相変わらず綺麗な毛並のデカイ虎。イーグルの白い狼、ハガルももふもふだ。ぜひその毛に埋もれたい。

狼種の騎獣は馴れやすく飼い主の意向をよく察してくれる、多くが一人乗り。虎種の騎獣は少し馴れにくいが、二人を乗せる体力がある。イーグルのハガルは狼種にしては大柄で、二人乗せられないことはないそうだが、負担はかけたくない。だからタイルにぜひ乗りたい。

現実世界では牛や馬と背骨の構造やらが違って、いくら大きくとも犬や猫には乗れない。実はシマウマにだって乗れないのだ、背骨を痛めてしまう。乗れるのは人間、あるいは荷物を載せられるよう、改良された動物だけだと聞く。……象は改良されているのかちょっと疑問だが。

「ホムラはオレとタイルに……」

ガラハドの魅力的な提案を聞きつつ、真面目な顔をしたレーノに渋々負ぶわれる私。

「はっ？」

「えっ？」

「お先に失礼します」

ぽかんとした顔のガラハドとイーグル、ついでにタイルとハガルに、一言挨拶を残すと、レーノが走り出した。かわいいよ二匹、騎獣もぽかんとするんだ。

「ぬあああああああああぁぁぁぁぁぁぁぁぁっ……」

そんなことを思っている場合じゃなかった、腹筋に力を入れないと持って行かれる。内臓シャッフル号の本気は私の試練だ。でもこれ、受けなきゃいけない試練じゃないよな？　もう一度言う、私はタイルに乗りたい。

「では、僕はこれで」

『火華果山』の麓、ダンジョンの入り口らしい洞穴の前に降ろされ、自分に回復をかけて暫くしたところでようやくガラハド達が来た。その姿を確認してレーノが去って行く。

タイルとハガルを見て勝ち誇ったように笑ったように見えたが、騎獣と張り合わないでほしい。

レーノの価値観がわからない今日この頃。

「こう、カミラのことで切羽詰まっていなければ、聞きたいことが山ほどあるんだが？」

「右に同じ」

ガラハドとイーグルが騎獣を帰還させながら声をかけてくる。

ああ、帰還させる前に触らせてほしかった……っ！　私の癒し！

「私にも色々あったんだ」

「とりあえず目的を果たしてからな」

「ああ、そうだな」

追及されることは確定なのか。絶対ステータスは開示しないぞ！！！

『火華果山』はゴツゴツとした火山岩に覆われた黒っぽい岩山だ。緑が殆どない、というか緑が根付ける土が殆どない。もともとバロンは荒涼とした土地だが、ここもまた例に洩れない。ただ、寒々としたイメージではあるが実はそんなに寒くない、さすが火山。

洞穴の中を行くと、コウモリの魔物が時々飛び出してくる、他にネズミとそれを食う蛇の魔物。魔物同士でも食物連鎖があると初めて知った。

暫く進むと、黒ずんだ岩肌に所々花が咲いたような、もしくは地中の化石が光っているかのように、ポツポツとオレンジが混じり始める。

「暑くなってきたな」

「ああ」

混じり始めたオレンジは、高温の証拠。火と熱のオレンジだ、触れればやけどでは済まない。

【環境を変える者】の称号効果か、一定の温度を超えた後は暑さの感じ方がむしろ緩やかになった。ガラハドとイーグルは汗をかき始めている——いや、ＨＰが微減し始めている。

二人とも、『活性薬』を服用。一定時間、一定間隔でＨＰが微量回復し続ける薬で、継続ダメージが入る戦闘や場所などでは便利な薬だ。

それはともかく、そろそろ諦めてパンツを穿くべきではないだろうか。

【環境を変える者】の称号効果は保持者に近いほど快適な環境となる。効果はあくまでも「緩和」だが、【火の制圧者】持ちのせいか、私はある一定の暑さからそれ以上暑いと感じなくなった。が、二人がだんだんこっちに寄ってきている。

「どうせ穿くなら早いうちに穿いたらどうだ？」

「ぐっ」

「そうだな、そろそろ覚悟を決めようか」

オレンジが混じり始めたあたりから、出現する魔物も火属性持ちのデカイネズミ、デカイ蛇が交じり始めている。『火華ネズミ』『火華蛇』という、黒っぽい体に溶岩が顔を出したようなオレンジの印を持つ魔物だ。この洞穴と類似性を持った姿。オレンジの数が多い、あるいは大きい個体ほど強いようだ。

「おい、ホムラ？」

「ホムラ、何故距離を取るのかな？」

「思ってたより絵面がひどい！」

立派な変態だ。

股間が金銀に輝いている。後ろ姿がまたヒドイ。

「しょうがねーだろうが！」

「背に腹はかえられない」

そう口々に述べるガラハドとイーグルだが、お互いを見ようとしていない。

ガラハドは、金のブーメランパンツに便所サンダルっぽいパカパカいうサンダル。

イーグルは、銀のブーメランパンツに普段つけているブーツ、脛当て《グリーブ》付きの鉄靴《サバトン》というのが正しいのか？　とにかく白っぽい金属製の膝から下の靴。

「予想外にガラハドよりイーグルが変態です」

同じ銀色のせいかコーディネートしているように見える。

「……っ！」

「わははははっ！」

「くっ……、帰ったら一番にサンダルを買う！」

二度目もブーメランパンツを着用する気があるということか。

こうしていいよいよ『火華果山』の本格的攻略を始めたのだが。

「ぎゃー！　ずれるずれる!!　はみ出る！！！！」

「ガラハド、私の前に行くな！　不快なものが視界に入る！」

「なんだと！　お前だって……」

以下、聞くに堪えないやりとりは自主規制させていただきます。

なかなかヒドイ光景を後ろから距離をとって見守る私。今日の私は魔法使いと回復役です、だってあそこに交ざりたくない。いや、いっそ交ざって隣に行ってしまった方が視界に入る確率は低くなる、のか？

近接職で体を動かすガラハドとイーグルは、踏み込んだり避けたりするたび食い込んだりズレたり大変らしい。

「あれだ、上むきに収めると収まりがいいらしいぞ？」

ナニをとは言わんが。

「……、くそっ！　絶対おかしい!!」

「神器《それ》がパンツ形状なのは私のせいじゃないぞ」

飛び込んできた火華ネズミに【氷魔法】レベル35『氷のエストック』を撃ち込む。場所が場所だけに氷が大活躍だ。

「あんなに悩んだはずなのに！」

「カミラが倒れて血の気が引くような思いだったのに！」

一言ごとに敵に攻撃を叩き込むガラハド。

「まったくだ！」

イーグルも言いながら敵を横に薙ぐ。

「うん？」

何が「まったく」なのか？　疑問に思いながら二人の武器に【氷】の『エンチャント』を掛け直す。エンチャントはあまり使ったことがなかったのだが、属性の強いここでは、かけるのとかけないのとでは雲泥の差があったため、面倒がらずに切れる前にかけ直している。

「会った途端にパンツだわ！」

「潜伏先の提供を受ければランスロット様がいた」

「『火華果山』に向かう途中は、騎獣があれだし！」

「『火華果山《ここ》』ではまたパンツ《コレ》！」

「真面目にカミラを心配して、焦る暇がない！！！！！」

「まったくだ！」

ちょっとだんだん二人がヤケクソになってきたんだが大丈夫か？

「パンツ姿で悩まれたり、落ち込まれても対処に困るのでいいんじゃないか？　パンツの苦情はファルまで頼む」

「えっ⁉　この神器《パンツ》、水神ファルからだったのか⁉」

「ランスロット様が寵愛を受けた女神⁉」

驚く二人、若干パニクっている様子。

……ついバラしたが、他のどの神からだと思っていたんだろう。

「あたたたたたっ！」

火華蛇から尻尾を食らうガラハド。

「水を司る癒しの神ファルは、私も祝福を頂いたが儚げな少女神だったぞ⁉　ランスロット様ほどではないが、一言二言言葉も頂いた」

イーグルが火華蛇を斬り払う。

「夢見がちな意見、ありがとうございます」

残った火華ネズミに『氷のエストック』を撃ち込む。

場所の火の勢力が強いせいか、『フロストフラワー』など、普段は周囲にも効果が及ぶ氷魔法が弱体化している印象。代わりに対象が魔物のみに絞られた『氷のエストック』はダメージ量が上がっている。一応、魔物自体は氷には弱いらしい。

ちょっとだけ洞窟に【風水】も試してみたのだが、変えた緑はあっという間に熱を持ったオレンジに呑み込まれた。住み込んでずっとかけ続けていれば、あるいは緑の大地——というか緑の洞窟——になるのかもしれんが、そんな暇なことはやっていられない。

「ちょっと待て、ちょっと待て」

魔物に攻撃を加えながら、ガラハドが納得いかない様子。

「……ホムラ、どう考えても私の今言ったイメージが、女神ファルに大多数が持つイメージだぞ？」

「えーと、私はファルのイメージ戦略に感心すればいいのか、それとも踊らされているのを生暖かく見ていればいいのか、どっちだ？」

「……すまん、この話題は止めにしよう」

ガラハドが一番に視線を逸らした。

「私もそれに賛成する」

「ホムラが神々をどう思っているか一度聞きたい気もするが、アシャにまでホムラの意見が及んだら、オレのダメージが大きい気がする」

「意見じゃなくて事実だが」

アシャはパンイチだったけれど現在は更生してるぞ。よかったな、お揃いで、などと心の中で思うに留める。武士の情けだ。

焼け溶けた石の流れる、溶岩の小さな流れが幾筋も枝分かれして行き先を覆う。

迷宮の足元が水で覆われたダンジョンはこの練習だったのだろうか？　水と違って今回は行動が阻害されるだけでなく、足元の確かなところを選び損ねると、ダメージが入る。その上、時々熱い蒸気や、溶岩の泡がはじけて飛ぶ飛沫で【火傷】のダメージや、【燃焼】の状態異常が入る。広い空間とそれをつなぐ洞穴を繰り返し、進むごとに環境は厳しくなった。

『浮遊』をかけているので溶岩の流れは気にしなくても良いのだが、時々起こる破裂や爆発で二人がダメージを負う。ブーメランパンツには【全気候耐性】が付いているので【灼熱】のこの環境でも平気だ。ごく稀に噴石で物理ダメージを食らう程度。

「時間があれば避けてくんだが、今はねぇからな」の言葉通り、ガラハドたちは『活性薬』を飲んで、弾ける溶岩に当たるのもいとわず進んで行く。すぐ治るとはいえ、当たった瞬間肉の焼ける臭いがして……って嘘です、そんな美味しそうな匂いはしません。まあ、とにかく痛そうなのだが、かまわず進む二人。

私は【火の制圧者】の効果が火属性系からのダメージ半減、灼熱などの気候、溶岩などの地形からのダメージ効果無効なもので、普通にノーダメで後ろをついてゆくだけだ、ＨＡＨＡＨＡ。『ファル白流《はくりゅう》の下着』についていた【全天候耐性】もあるしな、どれだけ環境から守られてるんだ、私。

現在のところ、敵に魔法を放つことと『活性薬』のリキャストの間、回復をかけることが仕事だ。

回復についてはＭＰの回復量が相変わらずなので大盤振る舞いしている。当然、敵が私めがけて寄ってくるが、私に到達する前にガラハドとイーグルが倒す。

二人の強さを見ていると、ただついて行くだけで心苦しくなる。ただ、【火の制圧者】【環境を変える者】の二つの称号は、パーティーに多少の影響を与え、『熱波』とか『高温の水蒸気』からのダメージを緩和しているはずだ。この称号無しでは『活性薬』を飲んだところで回復が間に合わないため、急がば回れで、溶岩の爆発ポイントなどを迂回して進むことになっていただろう。

でもまあ、一番有効だったのは【全気候耐性】つきのブーメランパンツだな！　私の称号《ひと》効果よりなにより、自分で持っている方が効果が高いに決まっている。三人全員が環境に対応できていることが、移動のスピードを驚異的なものにしている、ハズ。

「うをぅっ！」

ガラハドのサンダルが溶岩の飛沫に当たって火を噴いた。

「何をやってるんだ何を」

イーグルが呆れたように言い、回復をする。

「耐久０になりやがった！　まあ、戦闘用の装備じゃねぇからな」

「いつもの靴にしたらどうだ」

「……裸足でいい」

「……っち」

イーグルがパンツブーツ仲間を作ろうとしている気配、いつもと立場が微妙に逆転している様子。

ガラハドの靴はゴツい安全靴みたいなブーツだったはずだ。剣はゴツいのに防具の方は金属部分が少なく結構ラフだ。

「だけどパンツ《これ》のお陰で敵ともやれてるし、ホムラのお陰でＨＰの減りも気にしなくていい。当初想定してた状態だったら、ただでさえ焦ったところに、戦闘外でＨＰ減ってイライラしてしょうがなかったろうな」

「その状態でどこが破裂するか観察しながら進むのは骨が折れたろうね」

真面目に二人が言い合う。

「無理にパンツをいい話にしなくていいんだぞ？　素直に笑える話ポジションで」

「ホムラ」

「うん？」

「カミラに言うなよ！」

「もちろんホムラは、黙っててくれるよね？」

「私は別に黙っててもいいが、カルとレーノはどうだろう？」

カルから尋問……じゃない『火華果山』攻略にあたっての準備対策などを確認されて、ガラハドが言いよどんでいたところにレーノがあっさりパンツの存在を告げた。

そのあと実物を見たカルのなんとも言えない表情が忘れられない。

「うをーーーーっ！　厄介すぎる！　ホムラ、あいつの弱点とか知らねえか⁉」

「さあ、どうだろう？」

人参？　ピーマンもあやしいところ。

阿呆なことを話しつつも足を止めずに進む。敵も迷宮のボスほど大きくも強くもないが、道中の敵としてはサラマンダーが出てきたりと、当然進むほどに強くなっている。体に斑模様のようにオレンジが広く広がっている敵よりも、額に小さく星の様に集まっている個体が強いのだが、その数も増している。

ガラハドが愚痴ならぬ軽口を叩いているが、迷宮のフェル・ファーシルートの道中よりも、二人が気を張って戦っているのがわかる。


そして今、目の前にいるのは巨大な火の鳥『火華果山のフェニックス』。

「すごく自己回復が得意なボスの気配が……」

「ちっ！　聞いちゃいたが、時間がねぇのに長期戦になりそうなヤツだぜ」

「焦るな」

闇の精霊【黒耀】の『闇の翼』、【時魔法】レベル35『ハイヘイスト』、【氷魔法】レベル5『エンチャント』。サボらず『エンチャント』を真面目に使用していれば、【付与士】の職業出現とともに、効果の高い『ハイエンチャント』がレベル30で使える様になったはずだ。……ちょっと反省しよう。

戦闘開始前にＨＰＭＰ各『活性薬』を飲み、思いつく補助魔法をかける。

「【ブラックローズ】『騎士への抱擁』」

同じようにガラハドも闇の精霊を呼び出し、攻撃力増強の能力を使う。

紫がかった肌の美女の腕がガラハドを後ろから抱擁し、黒い長い髪がパーティー全体を包むように広がって消えた。

魔法を使うと、その気配を合図にフェニックスが攻撃を始める。

威嚇する様に広げた翼は纏《まと》った炎をさらに燃え上がらせ、火の粉を散らす。バトルフィールドはフェニックスが飛べるほど広いが、私たちの足場はあちこちに大小の溶岩溜まりができており、限定される。

ところどころに石柱があるのは、登って戦えということだろうか？　カッパドキアの奇岩のように上に少し平たい丸い岩の載った石柱が並ぶ中、何本かは上に何も載っておらず利用できそうだ。

「【重魔法】『グラビティ・ミリオン』」

【重魔法】や【風魔法】には飛んでいる敵を叩き落とす効果を持つ魔法がある。今使える魔法の中で一番その効果が高いであろう【重魔法】レベル30。

狙い通りにフェニックスが落ちてくる。地面につくかという時に地上に繋ぎとめるために【木魔法】レベル20『薔薇の檻』を発動。あまり人前で使いたくない魔法なのだが今は急ぐ。

「【アステュート】」

「【鋼の一撃】!!」

間髪を容れずにイーグルとガラハドがスキルを発動する。

「あっ！　くそ！　逃げやがる!!」

ガラハドが大剣を構え直す。

地上に繋ぎとめるはずの薔薇の蔓は、あっという間に燃え尽き、フェニックスはすぐに飛び立ってしまった。木は火に弱い。

「【重魔法】はなんとか入ったが、これはそこの石柱に登るしかないかな」

「耐性ついちまうしな」

状態異常系は同じものをかけ続けると、相手に耐性がついてだんだんと効かなくなってしまう。そのうち『グラビティ・ミリオン』ではダメージだけ入って落ちては来なくなるだろう。方針変更だ。

イーグルの方が素早さと器用さがガラハドより上のため、すでに『浮遊』がかかった状態での動きに慣れている。ガラハドは戦闘の動きには慣れて来たようだが、石柱を登るのに苦労をしている。体が軽いせいで、うまくバランスがとれていない。

「うをうっ！」

ガラハドの腕を掴んで、【空翔け】で石柱を駆け上がる。

何かデジャブを感じつつ、頂上にガラハドを置いて私は隣の石柱に跳ぶ。ガラハドが踏み込んだり、剣を振りかぶったりすることを考えれば、同じ石柱に二人は居られない。

フェニックスが羽ばたくと、火の渦を伴った強風が起こる。強風による全体ダメージと、六本の柱のうち二つに向かう、ダメージとスリップダメージが入る【燃焼】がつく【炎の渦】。

【炎の渦】が向かった柱にいる者は攻撃を中止し、石柱の頂上から下り、柱の陰に隠れることでやり過ごすことができるようだ。

「ホムラ、『闇の翼』が効いているうちは自己回復するから攻撃してくれ」

近接ではフェニックスが石柱から離れると攻撃が届かない。魔法がある私がコンスタントに削った方が効率がいい。

飛んでいる敵になら【風魔法】もいけるかとおもったが、思ったほどダメージが出なかったので結局『氷のエストック』をチャージして連発。ガラハドもイーグルも刃を飛ばしたり、気弾を飛ばしたりと遠距離攻撃の手段は持っている。

結構なダメージを与えた、と思ったらフェニックスが溶岩溜まりに飛び込んでＨＰフルになりやがりました。

「ああ、クソッ！　面倒くせぇ敵だぜ！」

「焦るな。確実に行こう」

イーグルがまたガラハドをなだめる。

「あの穴に飛び込まれる前に、たたみ込むのか、あの穴を塞ぐ方法が何かあるのか、どっちだ」

「塞ぐほうかな、さっきから石柱に載ってる岩がフェニックスの【炎の渦】がある間、当たってないのに揺れる」

「おーじゃあ、溶岩溜まりのそばの石柱に誘導すりゃいいんだな」

「了解、私登るのも下りるのも楽だから誘導してみる」

「頼む」

誘導の角度とかあるのかね？　【誘引】効くかな？

結果。

誘導は一人ではできなかった。結局三人で下に下りて、【炎の渦】が来るタイミングで目当ての石柱の前に立った。【炎の渦】を十分引き寄せてからその石柱の陰に隠れ、やり過ごす。……うん、ちょっと肌色成分が多い男二人と接近遭遇したがしょうがない。予想通り、石柱に載った皿のような大岩が、【炎の渦】に揺り動かされ落ちて大きな溶岩溜まりを塞ぐ。

後で知ったが、【炎の渦】はパーティー人数の二分の一が集まる石柱に優先的に向かうそうな。【水魔法】レベル30『穿つ雨』、弱点属性のはずだが、フェニックスに届く前に半分が蒸発。カルがイーブンな条件ならば、水は火に強いが、そうでない場合反発してかえって弱まる場合があると言っていたがこれか。

白装備をもってしてもフェニックスに届かないようだ。まあ、レベル30、しかも範囲魔法だからな。範囲が広い代わりに単体魔法よりは弱い。ただ、ボスは大抵がこのフェニックスと同じく大きいので、上手くやれば範囲魔法のほとんどを当てることができ、与えるダメージは多くなる。【木魔法】レベル30『眠りの香り』はフェニックスには効かなかった。【火魔法】は吸収回復、【風魔法】『ハリケーン』はダメージも与えたが、下から溶岩を巻き上げてその分微量に回復が入るという現象有り。【土魔法】『グレイブ』は飛んでいる敵には効果がない。【金魔法】『ミスリルの槍』はフェニックスにほとんどダメージを与えることなく蒸発。

実験を兼ねて石柱に誘導しながら魔法を使う。予想外だったのは【風魔法】だが、少なくとも範囲系は周囲の環境の影響を受ける、と。確かに熱風も寒風もあるしな。

「【戦士の咆哮】【剣の剣】！」

「【蒼《あお》の不起《ふき》】！」

フェニックスが回復に使う溶岩溜まりに岩で蓋をして、本格的に攻勢をかける。蓋をした岩が下から徐々にオレンジに焼けて行く、もしかしたらフェニックスを倒すのにも石が割れるまでという時間制限があるのかもしれない。

ガラハドは隙も大きいが、大ダメージを与える大技を好む。【戦士の咆哮】のほうは攻撃力増強のスキルだ。【剣の剣】は振るった剣の軌跡上に残像のような剣が現れ、元の剣を追う、敵に攻撃を叩き込めば、すべての剣が対象にダメージを叩き込みながら元の剣に収束してゆく。なかなか派手で爽快な技だ。

イーグルの技は相変わらず華麗だ。こちらはダウンした敵相手の補正がある技で、ガラハドがダウンをとるのを前提に、時間差でスキルを使用している。

ガラハドがスキルを放つ時に、敵が手を出してくるような場合はイーグルが先にスキルを使って攻撃を潰している。イーグルは敵の行動をよく読む、与ダメージの量が多いのは断然ガラハドだが、イーグルがいなければ半減するだろう。

ガラハドもよく敵の攻撃を受け止め、ＨＰが低めなイーグルが攻撃を受けるのを肩代わりしている。ガラハド曰く、「攻撃を受けるとスキルゲージ溜まんのがあるんだよ」だそうだ。

いいな、相棒。

さて、私も準備ができた。

「『穿つ雨』」

久々に使った【廻る力】『穿つ雨』。

起点に使った魔法と同じ魔法。だが起きた現象は違う。

火の勢いを水が上回った瞬間、大ダメージを与える。そしてそれは火勢が強いほど激しい。最初、大部分を削がれていた魔法は、今回は無数の紡錘形の弾丸のような雨を勢い良く降らし、フェニックスの炎の翼に穴を開けてゆく。

ぷすぷすと炎を散らしながら地面に墜ちてくるフェニックス。穴の開いた翼は所々黒く、再び飛び立つことができずにのたうつ。

そのフェニックスに、ガラハドとイーグルが【断罪の大剣】と【断罪の剣】を叩き込んで終了。

《ソロ初討伐称号【不死鳥を継ぐ者】を手に入れました》
《ソロ初討伐報酬『火華の佩玉』を手に入れました》

《お知らせします、『火華果山のフェニックス』がソロ討伐されました》

《フェニックスの爪×5を手に入れました》
《フェニックスの涙×5を手に入れました》
《フェニックスの鎧・胸部を手に入れました》
《フェニックスの魔石を手に入れました》

《フェニックスの尾羽×10を手に入れました》
《火の指輪＋8を手に入れました》
《『復活のスキル石』を手に入れました》

胸部。

あれか、腕部とかもあって全て揃うまで通え系？　フェニックスは物理攻撃は少なかったので、通えないこともないが、残念ながら重鎧は職業柄マイナス補正がつく。

そして『復活のスキル石』、使ったら【復活】を覚えた。パーティーメンバーに使えることを期待したのだが、戦闘中に一度だけ一定確率で戦闘不能から復活するスキルだった。蘇生はどこだ、やっぱり【神聖魔法】をせっせと上げた先にあるのだろうか。

フェニックスの涙は『蘇生薬』の材料の一つだ。消耗品の薬で、ここまで採りに来る手間がかかるということは、魔法やスキルに『蘇生』が現れるのはもっと先ということか。

【不死鳥を継ぐ者】は【復活】の確率を上げ、【蘇生】時の状態を最適にし、【回復】を受ける方もかける方も増量する効果だった。

「この奥だが……。火竜が留守なことを祈ろう」

イーグルの先導で、フェニックスを倒した広間から続く細い洞窟に入る。

ここもオレンジに焼けた岩壁が所々あり明るい。そういえば青竜ナルンもボス部屋を抜けた先にいた。あの時はペテロのイベント主体で、通り抜けたのは倒した後のボスのいない部屋だったが。

「そういえば、火竜ってパルティンに言い寄ってるやつか？」

火竜は他にもいるのだろうが、ここが一番ご近所な気がする。

「確かに、火竜グラシャと緑竜タラルは、定期的に山脈で金竜パルティンと縄張り争いをするようだけど……」

いいよどむイーグル。

「ホムラ、金竜と知り合いとか言わないよな？」

「いくらなんでも……」

パルティンの名を出したことが引っかかったらしい二人がこちらを見る。

「ああ、騎獣探しに行って会ったぞ」

軽く答えたら、ガラハドが表情を変えないまま体を傾がせる。

「ガラハド、しっかりしろ！　自分で聞いておいて倒れるな！　崩れ落ちるのはカミラが回復してからにしろ！」

突然倒れそうになったガラハドをイーグルが支える。

「わかった。今は聞かなかったことにして後でまとめてハッキリさせよう」

「なんだ？」

何をどうハッキリさせたいのか。

ステータスの開示以外なら何を聞かれても困らんのだが。ステータスも【快楽の王】以外は見せてもいいのだが。

いいからゆくぞ、と進むのを促されてすっきりしないまま目的地に到着。

そこは壁と床に火の華が咲く広間。火の華はよくよく見れば、水晶のような六角柱形が花の形に集まった群晶《クラスター》が炎を上げて燃えていた。【採取】できるのかね？

「火竜は留守のようだぜ」

ほっとしたようにガラハドが言う。

「以前ここを塒《ねぐら》にしていた火竜は高齢のせいか、火属性の竜にしては穏やかだったと聞くが、グラシャは人を食らう。遭って嬉しい相手じゃないし、朗報だね」

石の花々の間を歩きながら話す。

大きな六角柱に大小の花が燃えているものもあれば、地面からそのまま咲いているものもある。うっかり触るとダメージを受ける、ゆらゆらと炎の花弁を揺らす綺麗な花。

「ここの竜は代替わりがあるのか」

「だいたい竜が好んで住処にするのは、自分の属性の強い土地だ。竜も精霊も長くそこにいると、その環境を自分の属性に染めるからな、主の居なくなった塒は魅力的だろうぜ。同じ属性の竜の住処を奪うこともあるしな」

「ここはフェニックスもいるし、特に火属性が強い。グラシャはここに越してきて強くなったはずだよ」

代替わりがあるということは倒しても新しい火竜が住むのか。

青竜ナルンと対峙した時に倒しきってしまったらどうなるんだろうかと思ったが、きっと新しい竜がしれっとクエストをこなすなり配るなりするのだろう。もっとも重要キャラは戦闘不能になるだけで死なない疑惑もあるが。

「あった」

炎の色に染まる中、鈍色の金属のような枝を伸ばす細木。銀色の枝の先は蔦のようにくるりと巻き、小さな炎の葉をつけ、そこに李のような小さな実がなっている。

「これが『火華果実』か」

「そうだ、これの成熟していない実があれば、カミラの病は治せる」

「色づいてない方がいいのか」

「ああ」

そう言いながら炎の色を宿す実を避け、枝と同じ鈍色の実を採るガラハド。

「この木からは一人一つの実を採ることが許されているんだよ。二つ採ると火山が噴火するそうだ」

適当にもごうとしたらイーグルから忠告を受けた。

「そういうことは早く言ってくれ」

「なるべくムラなく色がついた実が高く売れるぞ」

慌てて手を引っ込めると、ガラハドが笑いながら言う。

「火属性を強化する素材の中では最高のものの一つだよ」

「火属性強化の杖は魅力的だな。だがまあ、備えあれば患えなし？」

そう言って鈍色の実をもぐ私。

今のところ特に装備に困っていないしな。ガラハドとイーグルが『炎熱の病』を発症したら困る。

「私としても、装備より自身の能力《からだ》だね」

イーグルも鈍色の実をもいだ。

「おう、じゃあさっさと帰ろうぜ！」

と、言いながらいそいそと服を着るガラハドとイーグル。

その服を着た短い間に汗だくになっている。ガラハドが『帰還石』を使う頃にはＨＰの減少も起こっている。私が転移の魔法を使うのを待っていられないくらい熱かったようだ。――「熱」かったで間違ってないだろう。

この場所で一番火の気が強いのはフェニックスでも火竜でもなく、この『火華果実』のなる木なのかもしれない。

「主、お帰りなさい」

「お帰りなさい。随分早いですね」

人の気配に下から上がってきたカルとレーノ。

「ただいま」

二人の声を背中に聞きながら答えつつ、カミラの眠る部屋に真っ直ぐ向かう。

二人にとっても予想外に早かったらしく驚いている。迂回すべきところをそのまま突っ込んで、ほぼ最短を真っ直ぐ進んでたからな。対岸が遠い溶岩流も『浮遊』をかけた二人を抱えて飛んだし。

服がないので掴むところがなくて困ったが。

それにしても、住人と一緒にクエスト中は時間経過が通常フィールドとも異なる、と思っていたのだが、今回きっちり経過している模様。というか、タイムアタックになると経過する模様。まあ明日――もう今日か――は仕事が午後からなのでいいのだが。

部屋には熱で赤い顔と汗、荒い呼吸のカミラ。

ガラハドが『火華果実』をカミラの胸に置くと、鈍色だった実が炭の燃える色に染まってゆく。カミラの荒かった息が治り、顔色が戻ってゆく。歪められた眉が緩みあどけない顔になった。

「これで大丈夫。熱で奪われた体力が戻る頃には、体内の属性も正常になるだろう」

イーグルがほっとため息をつくように言う。

今は体内の属性と魔力の循環が正常に戻っているところなので、魔法で回復せずに自然に起きるのを待った方がいいらしい。

「これなら後遺症もほぼ無いでしょう」

カルもついてきて、カミラの様子を見て告げる。

「お疲れさまでした、本当に驚くほど早かったですね」

これはレーノの感想。

「おう！　頑張った甲斐があったってもんよ」

「大分無茶をしましたし、無茶な人がいましたからね」

「二人とも進むの早かったな」

本日はここに『隠蔽陣』を敷いて雑魚寝だ。後で室内用の布団セットを菊姫に頼もう。いや、布団は普通、室内用か。

このままログアウトしてもいい時間なのだが、カミラが目を開いたところを見たいし、現実世界で仕事に行っている間、こっちの床で数日転がっているのもどうかと思うので戻ってこようと思う。私の持ち出した中綿入り『隠蔽陣』に驚きつつ、自分のベッドを提供するというカルの申し出を断り、夜着に装備替えをして『隠蔽陣』に潜り込む。カミラが起きたら、宿屋に移動して改めてログアウトをしよう。

こちらの世界では、とりあえずおやすみなさい。

異世界で眠って、現実世界で起きる。軽く伸びをして、お茶用のお湯を沸かす。その間に顔を洗ってスッキリし、お茶を飲みながら明日の仕事の予定の確認。

――休息を取って、ログインしたらベッドの上だった。

床で寝ていたはずなのだが、ログアウト中にカミラが起きたらしく、代わりにベッドに寝かされたらしい。そして左右に白黒湯たんぽがいます。明け方近くに戻って、今は昼前か？　ラピスとノエルが布団に潜り込んでいるわけだが、何でだ。

「ん。主、起きた？」

「おはようございます、主」

「おはよう」

この年で寝ている間に運ばれたことと、カミラが使用した後のベッドに寝かされていることとか、潜り込んでた二人とか、何からツッこめばいいのか戸惑ってる間に挨拶を受ける。

まあいいか。大型犬と一緒に寝たときのように、ヨダレで布団が湿ってることもないようだし。

半身を起こし、もふもふと二人の頭を撫でる。普段はどうもテリトリー意識があるらしく、二階にも滅多に上がってこないのだが、ここで私以外も雑魚寝していたからか、範囲が広がったのかね？

「カミラは気がついたんだな？」

「はい、今下にいます。水を大量に飲んで、入浴された後です」

「カミラ、寝るの飽きたって言ってた」

ノエルとラピスが現在の状況を教えてくれる。

ラピスがグリグリと額を押し付けてくる。匂いつけ？　匂いつけなのか？

それにしてもカミラはまだ本調子じゃないのではないだろうか？　そんなにすっきり治るものなのか。

顔を洗ってすっきりしたところで、下に下りると、休憩室にはカル、レーノ、ガラハド、イーグル、カミラが居た。

「狭い！」

「第一声がそれか！」

いや、だって最大身長前後の男が四人居るような広さの部屋じゃない、さらに私が加わったら五人だ。プラス、カミラにラピスとノエル。完全に定員オーバーです。ラピスとノエルが私の部屋に居た理由がわかった気がした。

……あと何か、ガラハドとイーグルの類に手形が見えますが、何があったんですか？

「おはよう、カミラはもう大丈夫なのか？　酒屋の三階改装するか」

『雑貨屋』の三階もちょっと改装して、三階同士で行き来ができるようにすれば便利かもしれない。酒屋の一階は商業ギルドの職員が働く店舗、二階は醸造設備だが、それより上は未使用だ。

「おはよう、悩み事が平和で何よりだわ。おかげ様でもう大丈夫よ」

少し気怠げだが、笑顔に翳りはないようだ。

「おはようございます、主。対処が早かったので、なんの後遺症もないようです。ただ、短い間にかなり体重を失っていますので無理は禁物ですね」

カルが補足しつつ、無理はするなとカミラに釘を刺す。

「とりあえず食事にしましょうか？　開店時間もありますし」

レーノが言う。

「了解」

確かにもう店を開く時間まで間がない。

前回出したのはペスカトーレか。カミラは病み上がりだし、何がいいかな？

「カミラ、食べたいものは？」

「ホムラの料理ならなんでも。強いて言うならチーズかしら？　白ワインも飲みたいわ。今ならガラハドより食べられる」

チーズ。イタリアあたりでは病み上がりでチーズ食うんだったか。病み上がりに酒ってどうなんだろう？　この世界、断食後はおかゆから的なシステムはあるんだろうか。

そんなわけで少しどうしていいか分からず、食卓に並んだ料理は、チーズリゾットと野菜のチキンスープ、アクアパッツァ。そして白ワイン。

いつもは赤の方をよく飲んでいる気がするので、スッキリするものが希望かと思い、用意した白は軽め。

「え……。ランスロット様が配膳なさるの？」

挙動不審になるカミラ。

「よく手伝ってもらってる。さて、ではカミラの回復を祝って」

全員が席に着いたところで乾杯。

ラピス、ノエル、飲めない私、飲ませてはいけないレーノはレモンを搾った炭酸水。

「ん。チーズが濃すぎず薄すぎず、優しい味ね」

頬を押さえて嬉しそうに笑うカミラ。

「飽きたら胡椒をどうぞ」

「おー。胡椒足しても美味いな」

早速がりがりやって、黒胡椒をリゾットに足すガラハド。

「こちらの魚も美味しい。白身がしっとり柔らかくて――かなり好みだ」

イーグルはアクアパッツァが気に入ったようだ。こちら、快気祝いなので『桜の小鯛』で作った。

相変わらずのレオ産。

「美味しい。生きててよかったわ」

「本当、相変わらず美味いな」

「本当に。数日前まで食べても味がしなかったし、味は二の次状態だった。ホムラの食事で人に戻った気がする」

イーグルが白ワインのグラスを傾ける。

「絶品です」

「この料理で、僕は少々堕落したかもしれません」

カルとレーノ。

ラピスとノエルはみんなの言葉に頷きつつ、むぐむぐと食べている。

「ありがとう」

評価はいいが、実はたいしてランクの高い料理ではない。

やはり素材集めの旅に出ねば駄目か、迷宮に神々が突っ込んだという魔物《にく》も気になるところ。旨そうに食べてくれるヤツがいると作りがいがある。

「それにしても改めてお礼を言うわ、三人とも助けてくれてありがとう」

「どういたしまして。救助劇の主役はガラハドとイーグルだ」

グラスをあげてカミラに答え、視線を二人にやる。

「あの灼熱の場所は進むだけで大変なんでしょう？　以前同じ病を治そうと、それなりに名の通った騎士が『火華果山』に行って『火華果実』を手に入れることはおろか、行った当人の命さえ危うかったって聞いたもの」

全力で目をそらしているガラハドとイーグル。

ブーメランパンツの存在はカミラには内緒らしい。

「それはともかく、改めてレーノを紹介してくれないかな」

イーグルがさらりと話題を変えてくるが、見る者が見れば挙動不審である。

カワイソウなので乗ってやろう。ちなみに当のレーノはデザートに夢中である。

「ああ、レーノは金竜パルティンに仕えているドラゴニュートで、今社会科見学に預かってる」

「「「パルティン！」」」

三人が揃って声をあげる。

「なにもそんなに驚かなくても……」

驚く三人をよそに、レーノとカルが幸せそうにラズベリーチョコケーキを食っている。チョコも生クリームもスポンジもタルトも同じ反応なので、どれが好きなのかよく分からん。全部か？

「ドラゴニュートってだけで珍しいのに、ここでパルティンが出てくるのかよ。仕えてる竜がいるなら、てっきり青竜ナルンの方かと思ってたぜ」

「ああ、水属性だしな、レーノ」

属性から考えたら、レーノが仕えるドラゴンは同じ水属性のナルンだ。

「いやいや？　金竜パルティンって積極的に縄張りの外にはいかねぇからマシだけど、火竜グラシヤと同じくらい好戦的だしな？　普通は交流なんか持てないからな？」

「ホムラのペットほどじゃないけどね」

イーグルが言葉を挟む。

「まあ、初対面で腕挫十字固は食らったな」

「いやいや？　なんでそんな規模縮小してるんだ」

パルティンが好戦的だと言うガラハドに、思い当たる体験を告げたら否定された、何故だ。

「確かにパルティン様はミスティフの件もあって、縄張り内に見つけた意志あるモノや害あるモノは、視界に入り次第容赦なく駆逐してますね」

さっきまでケーキの載っていた皿を眺めながら、レーノが補足する。食うの早いな。

「そうなのか？」

「基本的に面倒臭がりですので、理由を聞く前に駆逐してます。何か理由があったとしてもパルティン様には大抵関係のない理由ですし。騎獣のいる場所まで手出ししているわけでなし、死ぬのが嫌なら来なければいいんですよ」

「侵入した私が言うのもなんだが、棲み分けは大切だよな」

人間より絶対竜の方が先に住んでいたんだろうし。いや、私が分け入った場所はパルティンの影響を受けないミスティフのエリアか。

「で？　なんでホムラはパルティンに会って無事なんだ？」

ガラハドが聞いてくる。

「僕は時々、騎獣の様子を見まわっていて、パルティン様の領域に間違えて入り込んだ輩を見つけた時には、一度だけ警告を出してるんですよ。そこで少しありまして……」

言葉を濁すレーノ。

「あ、レーノ。この三人は白のこと知ってる」

「パルティン様がミスティフ達を保護していまして、ホムラがミスティフを召喚獣としているよしみで、他のミスティフの件でもいろいろ協力をしていただくことになりました」

過不足なく説明するレーノ。

「パルティンがミスティフを？」

ガラハドが意外そうに漏らす。

「騎獣が山のアイル側にいるのは知ってたが、あれもパルティンの保護下だったのか……」

「もしかして人間以外には案外優しいのかしら？」

イーグルが新しい情報を吟味し、カミラが首を傾げる。

「その縁で僕は、僕の視野を広げるためと、偏った属性を本来の属性に戻す意味もあって、パルティン様から離れて、パルティン様の命でホムラの移動手段として現在騎獣をやっています」

さらりと自己紹介らしきものも終えるそつのなさ。

「騎獣」

「ホムラは、レーノをパルティンから託されるほど信頼されているのか」

イーグルが感心してくれているようだが、あの指輪の攻防が果たして信頼なのだろうかと少々疑問を抱く。あと、ガラハド、騎獣が気になるのすごくわかります。

呆気にとられているカミラ、グリグリと眉間をもんでいるガラハド、ため息をつきたそうなイーグル。

「こう、金竜パルティンに見つからないよう祈って、命がけで竜の狩場を抜けてきたオレ達って……」

「あそこを抜けてきたのか、お前たち……」

ガラハド達の話を聞いて、複雑そうな顔を向けるカル。

「見つかったら何を言っても、問答無用とばかりに殺されると思っていたんですが……」

「ホムラの友人です、ってプラカードをつけるべきね」

カミラが肩をすくめておどける。

「パルティンは、ナルンよりは意思疎通ができる感じだったが……」

「青竜ナルンの方がことを分けて頼めば、縄張り内を通すくらいならお願いを聞いてくれそうよ。他の竜は大抵話を聞いてもらうところまで持ってゆくのが至難の業だし」

カミラがナルンをフォロー。

うーん。芝居がかって苦難を乗り越えていく熱血風味で訴えればいける気もしないでもない？

意思の疎通というより、別の何かな気がするが。

「てか、青竜ナルンとも遭遇済みなんだな？」

「青くてプルプルしてた」

ガラハドに聞かれて印象を答える。

「プルプル……」

怪訝そうな顔をされたが、私の最終的な印象はプルプルだ。

「ナルン老は確かにご老体ですが、そこまで弱ってはいなかったと思いますが。もっともお会いしたのは百年単位で昔です」

困惑気味なレーノ。手違いで脅したことになってるって伝えたほうがいいのかどうなのか。

「お互い無事でよかったけど。ホムラ、私からも聞きたいことがあるんだけど？」

にっこり笑顔のカミラ。

「あー……、着替えはラピスにしてもらった。下着はすまん、ラピスに聞かれてドロップ品をそのまま出した！」

先に謝る。

「……、ランスロット様のことだったんだけど」

「……」

墓穴を掘った。

「ホムラ？」

「お前、カミラにもビキニ渡したのか？」

「も？」

——墓穴を掘った男が二人追加された。

「……。あんたたち、愉快な道中だったのね」

迷宮都市で私と再会した時から今までのことを、洗いざらい吐かされたガラハドとイーグル。主にガラハド。

「好きで穿いたわけじゃねぇよ!!」

「右に同じ」

「なんならスクリーンショットもあります」

「「おい！」」

破棄しろ！　消せ！　などと抗議を受けつつ争っているとカミラがため息をひとつ。

「意識を失う前は、状況がこれ以上ないってくらい悪くて、足手まといが嫌で、不安で不甲斐なくって……。意識が戻ったら、知らない部屋であなた達が倒れてて、いくら呼んでも起きなくって。ラピスとノエルの二人が声に気付いて部屋に来て、ホムラが何をしても起きなくって」

ああ、ログアウト中だったからな。

「三人で騒いでたらようやくガラハドとイーグルが起きて、爆睡してただけって分かって。思わずお礼を言う前に殴っちゃったわよ」

カミラが泣き笑いで言う。——それで二人の顔に手形《もみじ》がくっきりしてるのか。

「あと、ホムラ。私が騒いだせいでラピスとノエルに『異邦人の眠り』を教えることになっちゃったの、ごめんなさい」

隠してたんでしょう？　と。

意味がわからんかったので黙っていると、どうやら『異邦人の眠り』は数刻であったり、数日続いたりと不規則で、そしてそのまま起きずに永眠もある。こちらの世界ではそういう認識らしく、親しくなった住人にとっては、本当に目覚めるのかと、とても不安を煽るものらしい。

事実その通りなので何も言えんが、すまぬ、私がここで寝泊まりしていなかったのは、隠していたのではなく、単に布団を買い忘れたのと、面倒がなかったので宿屋が気に入ってただけだ。……すごく言い出せない雰囲気！

ラピスとノエルが起きたらひっついてた理由はこれか！

とりあえず二人を撫でておく私。

「カミラは能力減退も無くって無事だったし、ジジイも無事だったし。言うことねぇな」

ガラハドも暗かったり湿っぽい空気には耐えられないタチなのか、明るく言って笑い飛ばす。

「何度目かわかりませんが言わせてもらいます、まさかランスロット様がホムラの下にいるとは思っていませんでした」

イーグルはガラハドと比べれば丁寧な言葉を使うが、ですます調でさらに丁寧。

「私も君たちと不肖の弟子が、主の知り合いだとは思っていなかったよ」

カルが言って、コーヒーを手に取る。

今日はガラハドたちに合わせて、コーヒー。ただ、三人は白ワインを引き続き飲んでいる。

「ガラハドってカルの弟子なのか？」

「はい、それこそガラハド《これ》はラピスやノエルの年の頃から、手のつけられない暴れ者で何度鉄拳制裁したことか」

そうか弟子か、親子だって言われたらどうしようかと思っていたので、ちょっとホッとした。年が近すぎると思っていたが、ガラハドはカルのことをジジイと呼んでいるので、年齢的に見た目詐欺なのかとか、いやジジイ呼びだと親子ではない？　と、思考の迷路にはまっていたのだが――いや、これ、カルの年齢不詳さはそのままだな？

「ジジイ！　余計なこと言うなよ！　って、あだだだだだだ」

笑顔のカルにガラハドがアイアンクローを食らっている。

「雑貨屋さん、というには変わったメンツよね。平和ならいいんだけど」

「ランスロット様は、騎士引退には早いと思いますけどね」

カミラとイーグルが言い合う。

「切った張ったもないですし、平和ですよ。初めての来客が、伝承でしか聞いたことの無いドラゴニュートだったり、何故か枢機卿が訪れたりしますが」

ガラハドからアイアンクローを解除して答えるカル。

「……それは平和なの？」

何かカミラに困惑されたが、概ね平和だ。

サキュバスの下着もうやむやなまま、不問になったしな!!

本格的にログアウトする前《ね》《る》にトリンの店に駆け込む私。

なんかトリンのところには駆け込んでばかりだな、今度ゆっくりお世話になっている挨拶をしよう。

「すまん、建ててもらったばかりであれなんだが改装を頼めるか？　予約でいっぱいなようなら後で構わんのだが」

その時は酒屋の三階に『建築玉』で仮部屋を造ろう。

「構いませんよ。新築や改装を承った場合、住んでから不具合に気づくのはよくあることで、その手直しの時間も予定に組み込んでいますので」

手直しどころじゃないのだが、快く受けてくれた。

思い切って、雑貨屋の二階にあった台所と倉庫を移動して、部屋を二部屋造る。ここは近い将来、年齢的に神殿から出ることになるだろうラピスとノエルの部屋。

三階の自室の隣にウォークインクロゼット的な小部屋を造っていたのだが、スキルの【ストレージ】があるので不要だ。そこを潰して店舗用の倉庫スペースを移す。

二階は部屋が四つ、洗面所と風呂、三階は自室と風呂と倉庫、錬金・調薬・装飾の設備を入れた小部屋が三つ。生産部屋は狭くなったが、もともとが広すぎたのでかえって使い勝手がよくなる気がする。そもそも全ての工程を手作業で作ることは滅多にない。

雑貨屋と酒屋がくっついているのは中庭を造ったせいで北側の東端、エリアス側の二メートルしかないので必然的にそこに扉を設けることになる。二店舗を繋げる作業も思いの外簡単に請け負ってくれた。店舗と店舗が離れていないことに加えて、やはりスキル持ちの存在が大きい。

雑貨屋から酒屋への扉を開けると、リビングダイニング、半分中庭に面しているので窓もつけられ、三階なので多少の日当たりも期待できる、残念なことに方角的に西日なんだが。他に雑貨屋から移動した台所、風呂と広めの洗面所。北側に部屋が三つ。

足りない風呂などの設備はトリンにお任せの相変わらず丸投げコーディネート。毎度無理を聞いてもらっている自覚はあるので儲けられるところは儲けてもらいたい所存。現実世界と違ってそれができる金《シル》もあるしな。

「おい、本当にいいのか？」

「わざわざ改装まで」

「便利でいいだろ」

「お金出すわよ？」

私のざっくりとした希望で、それをきちんと図面に起せるトリン凄いな～と思いつつ、貰ってきた間取りをガラハドたちに渡す。広さが分からんと家具が買えないからな。

「私、本格的に寝て四、五日起きないから、トリンと打ち合わせて窓やら何やら好きにしてくれていい。この図面で出来る改装の代金は支払い済みだ。その好きにしたところのオプションの支払いは頼む。間取りが気に入らなければ変更もいいぞ」

金はかかるが、スキルがあるため家を傷めずに改装出来ることを理解した今、結構気軽です。現実世界ではこうはいかない。……下手な大工が入ると壊すこともあるそうだが、トリンのところなら安心だ。

自分用の家具を揃えることになるガラハド達に、リビングダイニング用の家具も頼み本日はようやくログアウト。

そういえばパンツでうやむやになった、カミラが聞きたかったカルの事というのは、私が何故カルを雇ったか？　だった。

スラムの崩壊で割合的に成人男性は少ないものの、五体満足で怪我のない者を簡単に雇える状況で何故？　と。

「五体満足は他所で雇うだろうし、怪我をしていても条件は満たしてた。あとは悪い状況でも荒んでなくて律儀、長閑《のどか》だったから」と答えたら、ガラハドから「どこが長閑だ！」と抗議が上がり、悲鳴が上がった。アイアンクロー、何度目だ？

『帰還石』も『転移石』も多めに渡したし、闘技場で『転移』のスキル石が出ていることも伝えた。【憑依】防止のアクセサリーは、あとは卸屋の店主とクリスティーナに渡せば、とりあえずは配布完了だ。神殿の孤児院付近にはガラハド達の関係者っぽい騎士が出入りしていることも伝えた。あ、Tポイント交換に行かんといかんし、島の結果も出ている気がする。

色々やることが詰まっている、忘れてることはないか抜けが心配だ。ああ、フェニックスの報酬の確認を忘れていた。

ソロ討伐報酬の『火華の佩玉』はＨＰＭＰ継続回復。

どこまで自動回復させる気だ、特にＭＰ。回復量に使用量が追いつかないってどういうことだ。

まあ、魔法のレベルを平均的に上げているので、種類も多いし中々上がらんからＭＰを大量に消費するような魔法をまだ使えないせいでもあるか。だが、使用量に回復量が追いつかないほうが普通だよな。

『フェニックスの鎧・胸部』はガラハドに譲渡した。重鎧を装備できるのが『火華果山』に行った三人の中ではガラハドだけだった。カルも装備できそうだが、まずはクエストに行ったメンツの中で余ったアイテム装備を分配だ。

代わりに『フェニックスの涙』をもらった。『蘇生薬』のレシピはまだだが、材料は溜め込んでおこう。他は何を使うんだろうか。

『復活のスキル石』はめでたくガラハド、イーグル、二人とも出たそうな、よかったよかった。

「フェニックスがレアボスに変わってなくてよかった！」とシミジミと言った二人が印象的だったなそういえば。

四　フラスコの中

現実世界で真面目に労働中。と、見せかけてつらつらと異世界での行動の確認をしている。もう、終業時間が近い。

時間ぴったりにモニタを消して金庫と鍵の確認。建物の空調や照度を調整しているビル管理さん兼警備さん――メインは機械警備だが、二十四時間常駐している――に挨拶して帰宅。

さっさと風呂に入って、ログイン。

遅番の日にログインすると異世界は夜なんだな、タイミング的に。改装もあるし、普通に宿屋でログアウトしました、店舗の自室の意味って一体……。

ホムラ：こんばんは。
菊　姫：こんばんわでし。
ペテロ：こんばん。
菊　姫：今日はレオがお腹壊して早々に落ちたでし。
ホムラ：またニンニクでも食ったのか？

レオはニンニクを食うと腹を瀉すくせに、難儀なことにニンニクが効いた料理を好む。

菊　姫：シンとお茶漬は知り合いの手伝いで迷宮でしよ。
ペテロ：私はクエスト中。
ホムラ：おー、頑張れ。菊姫、どこかいくか？
菊　姫：部屋で散財しちゃったから、今日は大人しく採取と生産するでし。ありがとでし。

今日はそれぞれ別々に行動のようだ。菊姫は、採取ポイントで素材を【採取】しつつ、生産しているようだ。お茶漬とシンはカルマたちの手伝いだろう。ペテロは暗殺者のクエストかな？

で、私は不夜城たるカジノに来ています。

Tポイント交換に来たのだが、カジノの景品が入れ替わっていないかチェック。特にアイテムの入れ替わりがないことを確認してから、カジノのネット（?）対戦用の個室に移って、Tポイントを交換する。Tポイントのほうも特に交換アイテムに変動はない。

『蘇生薬のレシピ』が出ていないか期待したのだが、そううまくはいかないようだ。

万能薬のレシピ　600T
大剣装備のスキル石　1000T
縮地のスキル石　500T
蘇生薬　100T×3
次点で
HPMPフル回復薬 100T×3
グランドクロス・刀剣のスキル石　500T
グランドクロス・大剣のスキル石　500T

これが欲しかったのだが、『万能薬のレシピ』と『蘇生薬』『HPMPフル回復薬』はカジノで入手できたのでいらなくなった。仮でアイテムを選択してゆくと、合計Tポイントが表示される。2

500Tか、6000Tあるので余裕だ。

装備はズボンが欲しいのだが、2000Tか。どうしようかな？　装備ではなくスキルポイントに換えてもいいかな。

大剣装備のスキル石　1000T
縮地のスキル石　500T
グランドクロス・刀剣のスキル石　500T
グランドクロス・大剣のスキル石　500T
人進化石・天人　600T

いつまでも決まらないのでこれでよしとする。

残りはポイントを貯めておこう。アイテムの入れ替えで、素材で必要なものが出るかもしれないし、スキルポイントを大量に消費するスキルが欲しくなったら、闘技場に籠ってさらに集めてもいい。というか、いざというときのためにマメに貯めておくべきか。

大会の賞品より、すでに取得可能リストに出ているスキルでどうしようか悩むものが多い。だが、どうしても欲しいかというと、決め手に欠ける。

『人進化石・天人』はカジノの景品にもあるので、取ってもバレないので思い切って選んでみた。種族でステータス補正が変わるらしい。初期種族で変わっていたのだから、新しい種族でも変わるのが順当だろう。

本の知識では種族選びに失敗したら『退化石』で元に戻してやり直しらしいが、『退化石』はカジノで500G。気軽にやり直すには『進化』も『退化』もなかなか高額だ。

『進化』のほうは、今のところ二段階までだそうだ。『進化石』を使うためには相応のステータスを要求され、ランクの高い石ほど要求されるステータスは高く設定されている。代わりに種族の固有スキルがついていたりする。

住人はステータスを満たし『進化石』を使用しても、ほぼ何も起こらないそうだ。伝説級の稀さで『進化』することが記録されているため、試してみる者も一定の割合いるらしい。

それがカジノの景品に時々並ぶ理由だが、『進化』しやすい『異邦人』の訪れで最近景品を入れ替えて『進化石』を大幅に増やしたらしい。在庫一斉処分？

異邦人《プレイヤー》は、死亡時に神殿で復活する、異邦人の眠り、スキルを覚えやすいなど、住人との違いがある。その原因は『この世界』に馴染んでいない故の不安定さにあると考えられている。そして住人にとって『異邦人』は人間であろうと獣人であろうと『異邦人』だ。

『この世界』の種族の姿をとって世界に馴染もうとしている存在とみられている、らしい。不安定が故に、姿を変えやすいと思われている。

結構怖い存在じゃないかそれは？　と冒険者ギルドのアルに聞けば、「邪神の眷属のように、人を乗っ取るわけでもないのに？」と、かえって不思議がられた。この世界にはもともと魔族やら精霊やらが存在するため、どうやら感覚が違うようだ。

『人進化石・天人』の要求は知力（ＩＮＴ）１００以上、精神（ＭＮＤ）と素早さ（ＡＧＩ）が50以上、それ以外のステータス20以上。

余裕です。

カジノでも扱っているとはいえ、ステータスを満たしたことに突っ込まれそうだが、幸い天人は耳の上から後ろあたりに小さな羽が生えるくらいで、派手なことにはならない。

さすがにどう変わるか確認したくて、古本屋で種族図鑑みたいなものを買った。もう一段進化した後の姿は、他にも羽というか翼が生えてイラストが派手なことになっとったが、それはだいぶ先の話だ。フードをかぶってしまえばこっちのもの。

そういうわけでポチッとな。

……なんか、光のリボンに囲まれるという魔法少女の変身シーンのようなものを経て進化しました。途中素っ裸にされたが、肝心なところはリボンで見えない仕様。これジジイキャラもやるのか？

ほぼ変わらない外見。ただ髪の質が少々変わって柔らかくなった？　かな？

耳の上についた羽はたたまれているときは、どういう仕組みか髪と同化して見分けがつかない。開くと羽らしいのだが、ついでに髪にも羽が交じる。一房取ってみると髪の途中から柔らかい羽に変形している。一般的な羽はそれなりに硬かった気がするのだが、これはどちらかというと羽毛の柔らかさ。なかなかいい手触り、白には遠く及ばないがな！

交換したスキル石を使用して、【大剣装備】【グランドクロス・大剣】【グランドクロス・刀剣】【縮地】を取得。【縮地】以外にはめでたく初取得の星がついた、【縮地】はギルあたりが取ったの

かな？

【大剣装備】は本来装備するとマイナス補正をくらう魔術士やシーフなどの職業でも大剣をペナルティ無しに装備できるようになる。【武器保持】で刀剣と大剣たくさん出して一斉に【グランドクロス】を撃ってみたい野望が。もっともリキャストが設定されて、武器が二本あっても同じスキルは一度しか使えないため【グランドクロス】×2の他はなにか別なスキルを撃つことになるのだが。

【W《ダブル》スキル】が欲しいな、あれなら同じスキルが二回撃てる。

【グランドクロス】は大剣、刀剣とも初取得特典はスキルの攻撃力3％増。【大剣装備】の特典は、片手取り扱い時のマイナス補正を緩和だそうだ。一部スキルを除いて通常両手で持たないと攻撃力の大幅に下がる大剣で、威力を落とさずに二刀流ができるということだろうか。ちょっと【二刀流】のスキルが欲しくなる、【武器保持】は浮いている分は威力が下がるし、【二刀流】はまた別のロマンだ。刀剣の二刀流もいいな。

新しいスキルを取得したばかりだというのに、さらにまた新しいスキルが欲しくなる。いかん、いかん、ちゃんとスキルを成長させるか、使いこなさねば宝の持ち腐れだ。

よし、反省してカジノを荒らしてこよう。

反省しても欲しいものは欲しいのであった。だってスキルは冷蔵しなくても腐らない。

カジノを荒らすその前に。

天人のステータスは人間より全体的に底上げされるが、進化の時に要求された知力・精神・素早さが成長で突出する、次のレベルアップが楽しみだ。代わりに力・耐久は上がりづらくなる模様。

種族固有スキルは【精霊の囁き】と【常時浮遊】。……私どんだけ浮くの？

【精霊の囁き】は小さな精霊を呼び出し一定時間ＨＰＭＰの継続回復が可能。……私どんだけ回復するの？

で、何が言いたいかというと【常時浮遊】がですね。

やらかした感満載です。【重魔法】『グラビル』を自分にかけるプレイ、なんの修行だこれ。レベル１の魔法なので効果が切れる前に上掛けし続けてもＭＰの回復量が上回るので問題ない……、嘘です面倒臭いです。だが掛けないと浮く。あれだ、マイナス補正目的で重鎧装備するか！（吐血）

『グラビル』をかけながらルーレットをプレイする。個室で効果が切れる時間を計ってアラームセットしたよ！　今まで、落ちなきゃいけない時間が近いですよ、のお知らせにしか使ったことがなかった機能だ。すぐさま『退化石』の出番かと思っていたが、これはこれで修行っぽい何か。新しいスキルが出ることを期待してしばらく続けてみようかと思う。

……保険で『退化石』を取得した私です。スキル石もちょっと上から順に取っていこうか、などと思っていたら、出るとこ出て引っ込むところ引っ込んだ婀娜《あだ》っぽい美女が、私の横で賭け始めた。やたら近くにくるので怪しめば、【魅了の肌】とかいう謎スキル発動中。いや、肌を見せることで【魅了】が発動するスキルという鑑定結果なのだが。

チラリ派なので、もうちょっと隠しているものが偶然見えたのを装ってくれまいか。胸に気付いた時はスキルにも気づいてしまったため、何かこう……胸の印象が巨乳から上げ底に変わった気分だ。

【魅了】は効かないんだが、空気を読んで退散。
カジノ側のあからさまなハニートラップだな。ちょっと荒稼ぎしすぎた！

後回しになっていた【大工】や【ガラス工】の生産レベル上げをする。生産施設の設備を借りたのだが、【大工】はサー、【ガラス工】はフォスにしかなかった。カンナかけをして各種木材の綺麗な板を作ったり、フラスコを作ったり。

15までレベルを上げたところで、店舗に帰って今度は販売分の生産。すでに新しい間取りに替わっていて、仕事の早さに驚くばかりだ。トリンのところの従業員のスキルによって、木の床に似合わぬ防音効果なので二階の二人を起こすことはない。と思うのだが、【気配察知】系のスキルを常に使っている疑惑のカルに気付かれない保証がない。

起こしてしまっていたら、すまん、すまん。一応【気配希釈】も使っているがな。

ところで錬金をしていたら生産エラーで『ネジ』が出たのだが、なんだろう。なぜ『転移石』の材料で金属っぽいネジができるのか。ネジというと単体で利用はあまり考えられないので、せっせと集めろということかな？

明けの鐘が鳴ったのを聞いて、朝食を作ろうかと酒屋に向かう。部屋を出て階段脇の廊下をまっすぐ進めば、突き当たりが酒屋に続く新たな扉だ。

扉を開けるとリビング。頼んだ通り家具一式を揃えてくれた様で、大きめなソファーなどが並んでおり、誰の趣味か暖炉が設置されていた。

ソファーが大きいのはデカイやつらが多いからだろうな、と思いながらリビングの端にある階段を上り、四階を覗く。こちらもドーマーと言うのか、屋根窓も追加されており、以前よりは明るい室内に様変わりしていた。

四階は特に何もないので、すぐに下におり、ダイニングの厚みのある木製の食卓を通り越し、台所に入る。台所自体は以前の装備を移しただけなので目新しさはない。

「おはようございます、主」

「おはようございます」

「おはよう、早いな」

幾らも経たないうちにカルとレーノが起きてきた。

「いい部屋になったな」

「ええ、カミラとトリンが頑張ってくれました」

「ガラハドさんとイーグルさんが、家具の配置で右往左往してましたよ」

ああ、カミラに指示されてソファーを抱えて配置調整にウロウロしている二人が目に浮かぶ。

「さて？　朝食どうする？　三人が起きるのを待つか？」

「もう少ししたら私が起こしますので、一緒に摂りましょう」

「了解」

もしかして三人に規則正しい生活が訪れてしまうのだろうか。もっともイーグルは普通に規則正しそうだが。

カルとレーノにお茶を渡して料理を続ける。ストック分は足りている、甘味以外は。どんなスピードで消費してるんだこの二人……？　ショートケーキは生クリーム増量、チーズケーキはベイクドチーズケーキかジャムソースをつけたもの。シュークリームはバニラビーンズたっぷり、プリンはカルが緩めでレーノは固め……。甘味だけは好みの把握が細部まで行き届いてしまった気がする。

いや、まだ和菓子を出したことがないので、そっちは未知だ。

「そういえば、ランスロットと呼んだほうがいいのか？」

とりあえず定番のお菓子とその他を半々作って倉庫に突っ込む。

「いえ、カルのままで」

「そうか？」

「ええ。気に入っているんですよ」

穏やかに微笑むカル。

ランスロットって名前は長いから私もカルのほうがいい、今までの習慣もあるし。

――『Lancelot du Lac』、綴りはＣＡＬなんだろうか。

「そういえば、ホムラは魔法剣士だったんですね？」

レーノが茶を飲みながら聞いてくる。

「ああ、そうだが？」

「僕、暗器持ちの魔法使いかと思ってました」

「あー、普段私手ぶらだからな」

冒険者は象徴である武器をむしろ誇示している者の方が多いのだが、私は【装備チェンジ】ですぐに取り出せるので、杖も剣も普段は仕舞っている。パーティーの時は職替えしないまま、魔法使いのロールをやっているし、魔法剣士には見えないかもしれない。

「主のステータスをベラベラ喋るんじゃない、って、またアイアンクローをくらってましたよ」

レーノは誰とは言わないが、ガラハドがアイアンクローをくらったことはすぐわかった。

「弟子が申し訳ございません」

「二人に職業まで隠すつもりはないから、いいんじゃあるまいか」

カルが謝ってくるのに返して作業を続ける。

「この人、僕が職業を勘違いしているのを知ってて、勘違いを助長するように誘導してたんですよ。なかなか油断がなりません」

「申し訳ない、まさか騎獣の契約で縛られているとは思わなかったので……。全くそんな様子がなかったですし」

「放し飼いですよね、僕としては縛ってくれた方が嬉しいんですが」

「まて、その言い方は変態っぽいからやめろ」

言い合う二人に、何で契約で縛ることと私の職業をバラすことが関係してくるのか訝しく思いながらも、とりあえず言うべきことを言う。一番のツッコミどころだと思います。

それにしても、騎獣になりたがるというか、支配されたがるのは、レーノが特殊なのかドラゴニュートの性質なのかどっちなんだろう？　パルティンのつけた首輪のせいかもしれんが。

「主の職業を知った後、すぐに私が誘導していたことに気づくレーノ殿も頼もしいですよ」

「まあ、この人がいれば日常で何かあるってことはないでしょうから安心です」

なんだかよくわからんが、ギスギスもせずにお互い認め合っているらしい。化かし合いとか駆け引きはよくわからん。

そうこうしているうちにイーグルが起き、カミラが起きてきて、ガラハドの部屋から悲鳴が聞こえた。朝一番からアイアンクローなんだろうか。何か起きろとの声も聞こえなかったので、問答無用でいきなり実力行使にでた気配が。

朝食は、トースト、サラダ、チーズ、ソーセージ、ベーコンエッグ、ヨーグルトの蜂蜜添え。オレンジジュースと牛乳――牛乳はガラハドのリクエスト――、コーヒーか紅茶。

ガラハドたちは逃亡生活が長かったろうし、落ち着くかと思い、とても王道というか普通な感じにした。

「……ジジイ、それ食うのか？」

三人とも、カルがトーストに載せるジャムの量にドン引きして、落ち着けたかどうかは謎だが。

朝食後、レーノとバロンのギルドへ。島の申請結果の確認だ。

ガラハド達は闘技場に『転移のスキル石』を取りにしばらく通うそうだ。カジノの景品で取ろうか？　と聞いたら、しばらくは相手の出方の様子見で暇になりそうなので、気長に通うから気にするな、とのこと。

そして現在。

「大変申し訳ないが、この島は個人の持ち物として認められない」

「何故？」

「他に建造物も人も無かったですよ？」

レーノさんや、人が物のようだぞ。

仮面を被ったレンガード仕様である。

バロンの冒険者ギルドの受付で結果を告げられ、納得いかないと訴えたら応接室に案内された。

だがここでも理由を言わずに認められないの一点張り。

壮年の副ギルドマスターが、青い顔で汗をかいているのは【畏敬】の効果なんかじゃないからな！

たぶん！

「申し訳ない、それについては私から説明しよう」

なんか、追加で男が二人部屋に入ってきた。

「バロンの冒険者ギルドマスター、ブルースです」

「ファストの冒険者ギルドマスター、アベーだ」

「……ドナルドの息子じゃなかったのか」

「なんだ？」

「いや、なんでもない」

ファストのギルドマスター、略してギルマスは、ドナルドの息子《マック》だと思っていたのに。モスバーガーに謝れ！

それはそれとして、冒険者ギルドのマスターはＳランク冒険者をも上回ると噂だ。なんでそんなに強いのが、書類仕事が多そうな組織のトップにいるのか理解不能だが。特にファストのギルマスは伝説級らしい。

二人の様子を見ると、やはりアベーの方に主導権があるらしく、ブルースはアベーの背後に一歩下がった形で立っている。

「とりあえず、かけてくれ。【畏敬】は仕舞ってくれると助かる」

どうやら理由が聞けそうなのでおとなしく座る。

「あの島は実は冒険者ギルドの管轄でね」

一旦、もったいぶって茶を飲むアベー。無言で先を促す私。

「あの島は獣が封じられている」

「は？」

なんということでしょう、レーノと一緒に探した、地図の陸から離れた海《くうはくちたい》にあった島は神々の封じた獣の一匹が眠っていたのです。

……冷静に考えると場所からしてダンジョンありそうだよな。飛空挺《ふね》とか手に入れたら事前情報なくとも探しに行くレベルだ。

南の島には不釣り合いな『オークの森』、『妖精花《しゃべるはな》』『青虫芋虫《イモムシ》』『羽兎《うさぎ》』『眠りテグー《ねずみ》』、……あと肉。

「『永遠の少女アリス』か」

部屋に沈黙が落ちる。

「……こう、国にも報告していない、ギルドの秘匿情報を言い当てるのはやめてくれないか？」

ちょっとの間、静かになった部屋でアベーが困ったように言う。

固まられるほどのことだったろうか。

「人が一人出入りしたところで緩むような封印ではなし、知ったからには攻略にチャレンジしてもらってもかまわん。賭けるのは己の命だ、冒険者としての本分を止めるつもりはない」

おや、思ったより話がわかる。

「ただ、【獣】は他の知られているヤツも含めて一般の住人には恐怖の対象だ、触れ回ったりしないでほしい。知ったところで、逃げる備えも無意味、対応できる力もない人々だ」

「ああ、それは了解した」

バハムートでカイル猊下からも釘を刺されたし。

「そして島だが、万一攻略に成功したとしても、そこは『永遠の少女アリス』と同系統、将来の『アリス』が湧く場所となるはずだ。ギルドが君の攻略の可能性を潰さない代わり、君も島の占有で、『アリス』の情報に自力でたどり着いた他の冒険者の可能性を潰すことはしないでほしい」

ではヴェルスの祠には竜が湧くのか？　バハムートは倒してないからノーカン？　白の居たヴァルの神殿は精霊を授けられるし、白ほどの能力はないだろうけど世界にはミスティフがいるから、同じ系統を手に入れるチャンスはあるのか。

『アリス』の件と考え合わせると、誰かが倒した後でも、封印の獣かそれに準じるものを入手することは可能なのだろう。黒竜もいるんだろうな、バハムートが一番だが。

「了解した」

さすがに独占などするつもりはない。

「待ってくださぃ、あの島を見つけるにあたってはそれなりの苦労をしたのですが？」

そう思ったら、レーノ君から待ったがかかった。

島を探して飛んだのはレーノだからな、私は乗っていただけ。

「ああ、だから同規模の島の候補をいくつか用意した」

ファストの冒険者ギルドマスターのアベーが答えると、バロンの冒険者ギルドマスター、ブルースが卓に地図を広げた。やっぱりファストのギルマスの方が立場が上なのか。

一瞬、ギルドに場所を把握されているのは嫌だなという考えが頭をよぎったが、そもそも申請する時点で調べられるだろうから、黙って住むならともかく結果は一緒だ。

「サウロウェイ大陸――主に魔族が住む大陸の西の海、ノルグイェル大陸――エルフ族が住む大陸の南東の海、ノルグウェイ大陸――主にドワーフ族が住む大陸の西の海」

地図の該当箇所を指さしながらアベーが場所の説明をする。

「植生と魔物は別だが、君の見つけた島とほぼ同じ姿、似た気候だ。海の住人の生息域からも、交易ルートからも外れているので他からちょっかいを出されることもない」

ミスティフを襲うような魔物がいるかどうかもポイントなのだが……。

「アクティブな魔物が多いのは勘弁願いたいな。――メタルジャケットボアがいないだろうことが残念だ、旨いのに」

ミスティフのことを言うのもなんなんで口に出したのは別のこと。

「ああ、それについてはギルドからの詫びということでこれを用意した」

アベーが何かのアイテムを出す。

「スキル石？」

「手にとってどうぞ？」

触れる前に【鑑定】、『魔物替えのスキル石』。効果は、手に入れた『魔物の魔石』を使用して、対象範囲の魔物と入れ替える。……スキル石のランクもなんかすごいんですけど？

「メタルジャケットボアが欲しいならそれで入れ替えるといい。どうやら本来迷宮を管理するためのものらしいが、【迷宮創造《メイズメイカー》】の職も絶えて久しい。スキルも散逸し、系統だっていないが、こうして時々『スキル石』という形で手に入る」

「そんな職業があるのか」

「かつては在ったのだから復活させられるかもしれんな。迷宮といってもバロン《ここ》のような大規模なものじゃない、せいぜいが城の守りのための庭園や、小規模の地下迷宮だ。【迷宮創造】持ちは国や貴族に強制的に雇われ、造った後は秘密を守るために殺されたと聞く。スキルを継承した者もそれを恐れて秘匿したはずだ。見つけるのは困難だが興味があるなら探してみるといい」

ここでダンジョン経営フラグか！

「レーノ、使うか？」

興味はある、興味はあるが、苦労したのはレーノ。

「いえ、僕は遠慮します」

「島を探して飛んだのはレーノだろう」

「僕がそれを使ってもあまり意味がありません。ドラゴンになれば、長くひとところに住むだけで属性に惹かれて自然に魔物は集まるんですすよ」

おっと、居るだけダンジョン製造機だった。

青竜ナルンも火竜グラシャもダンジョンっぽいところに居たなそういえば。パルティンは違ったが、あれか、ミスティフのために属性の影響抑えてるのか？

「それに家はあくまで貴方のものです、環境も貴方のいいように」

「ありがとう」

「その条件を受け入れる」

アベーに向き直って答える。

「ああ、感謝する。強権発動せずに済んで助かった」

アベーが笑う。

どんな強権だったんだろうか？　交渉を進めてきた様子はストレスのないものだったが、短い間に用意周到・発見した島を諦めさせる話なのに移行はスムーズ。拗れたら厄介な相手な気がする。

まあ、今回あの島を無理やり占拠したら、他のプレイヤーの反応が恐ろしいので無条件降伏する気満々だったのだが。――ギルドの権利や立場より先に、後続の冒険者の話をしたのもわざとかもしれん。

アベーもブルースも冒険者らしく体格はいいが、色合いは住人らしい地味な配色で、その辺に埋もれてしまいそうな外見だが、話していると何か気配が違う。さすがギルマス？　ブルースは黙ってアベーの補佐をしているので冒険者というより事務職のイメージだが。

「島の申請だが、さっき挙げた島の中からなら、ファスト、バロン、アイルの冒険者ギルドでこっちの書類を申請書にくっつけて、それぞれのギルマスの名前を出してくれれば、その場で許可を出す。アイルのギルマスの名前はカインだ」

言いながら書類を何枚か見せ、渡してくる。

「ところで、君はなんで『グラビル』を使っているんだ？」

先ほどまでより、やや打ち解けた様子でアベーが聞いてくる。

【無詠唱】で自分に使っていてもバレるのか、レベル1なだけあって『グラビル』は飛んでいない対象にかけてもエフェクトもでんし平気かと思っていたんだが。

ギルマスだし、やはりスキルに【魔力察知】とかあるんだろうな。しかも使っている魔法まで言い当てるような。

町中は攻撃魔法等の制限があったりするが『グラビル』はセーフ。【重魔法】を持つ者が少なく、持っている者は騎士団とかで曲者捕縛に役立ってたりするらしい。町の治安維持対策から、複合やらの上位魔法は結構すり抜けてしまっているのが多い気配。

ちなみに【重耐性】取得可能スキルリストに出ました。取らないがな！

「いや、かけておらんと浮くんでな。話に集中していなかったわけではないが、すまんな」

「浮く……？」

控えていたブルースが怪訝な顔だ。

「天人に【常時浮遊】がついとった」

ばさっと頭の羽を開くと、一瞬髪もふわっと広がって髪のそこここに羽が現れる。レンガードの時は浮いていようが何をしていようが、まあいいか～という感じなのだが、現在『グラビル』強化月間開催中である。

「何か魔法を発動させているなとは思ってましたが、いつの間に人間辞めたんですか！」

レーノにもバレていた様子、この分ならカルにもバレているだろう。使った魔法まで言い当てたアベーのレベルは幾つなのか。

「本日の未明くらい？」

「そんなに気軽に種族変えないでください！」

あー、レーノはドラゴンになるのに百年単位で頑張っているのか。すまんすまん。

「椅子に座っても浮いているし、人と相対するのにどうかと思ってな。……これ寝るときも布団ごと浮くのかな？」

「僕に聞かないでくださいよ」

「それは掛け布団の重さによりますかね」

答えてくれたのはブルース。

「重い布団は嫌だな」

「軽い布団ではベッドから浮いて背中が丸空きになりますよ。……対策は寝袋ですかね？」

割と気さくな感じだな、バロンのギルマス。

「それも嫌だな」

「誰かに添い寝してもらうとか？」

「無茶言うな。仕方ない着る毛布でも作ってもらうかな」

そう言いつつ、遠慮なくスキル石を使わせてもらう。

「立候補しそうな方々はいそうですが」


《お知らせします、初めて【迷宮創造】に関するスキルを手に入れました。なおこの情報は秘匿されます》

《称号【迷宮の王】を手に入れました》

ぶっ！

これもアナウンス対象か！　だがしかし秘匿って？　【暗殺者】関係はアナウンス流れないで、秘匿されるとか言っていたが、【迷宮創造】関係も同じ扱いなのか？

レーノがなにかつぶやいたが、アナウンスとかぶってそれどころではない。

「スキルを取りすぎると、本人のレベルが上がりづらくなる。気をつけたまえ」

最後にアベーの忠告を聞き、バロンの冒険者ギルドを後に。

再びレーノに乗って、ギルドで貰った地図に沿って島を見に行く。『アリス』も気になるが、やることをやってしまおう、その方がレーノにもう一度連れてってくれるよう頼みやすいし。

種族特性の【常時浮遊】のおかげでEPの消費を抑えて飛ぶか、海面を走ることが可能になって、自力でいけるようになった気もするが、遠い上に海の中からガバーーーッとね、未確認生物が来たら嫌だからね？

私の《にもつ》【浮遊】状態はレーノに負担が少なく、スピードが上がる模様。ちょっとレーノさん、飛ばされそうなんですけど？　掴まっている腕力がですね！　陸上の内臓シャッフル号もひどいが、小型ドラゴン《こっち》も大概ひどい。

地図は私の持っているものより全体的に詳細だが、比べると在るべきものがなかったりする、多分意図的に消したのだろう。

バロンに近い所から回っているのだが、魔族が住むサウロウェイ大陸の西の島は、確かに島の周辺は他の種族の生息域ではなかったが、途中『竜の島』があって上空で竜とニアミスを何度かしたのでちょっと却下かな。パルティンが話をつけてくれるはずだが、面倒ごとは避けたい。

島自体は『アリス』の島より岩が多めなくらいで地形は似ている。

ドワーフ族が住むノルグウェイ大陸の西の島、こっちも岩肌多めだが『銀』の【採掘】ポイントのおまけがあった。入江が砂浜じゃないのがマイナスだが、なかなかいい感じ。

最後はエルフ族が住むノルグイェル大陸の南東の島。

「ここにしようか」

『アリス』の島と一番似ていて、北西の大陸側——エルフの居住地らしく、緑竜が住むという大森林がある——に近い方向は太い樫や楢が生え、反対側の入江は、砂浜に明るい青い海の南国気分を味わえる。ついでに入江に洞窟もあってロマン溢れる地形だ。

魔物もミスティフより動きが遅いものが主で、且つミスティフを積極的に襲うような存在はいない。私やレーノに対してはアクティブに襲ってくるがな。

【魔物替え】は初取得の星がついたが、レベルがあって、スキルレベル1ではこの島では何もできない模様。スキルレベルと同じランクの魔物の魔石しか使えない上、替える対象の魔物・魔石共、自分のレベルより高い敵に対しては成功率にマイナス補正がどんとつく。初取得特典でちょっとだけ成功率が上がっているらしいが、誤差の範囲じゃなかろうか。まずはファストで売り払ってしまった、レベルの低い初期の魔物の魔石を集めてスキルレベル上げからだ。

【迷宮の王】は造った迷宮の魔物の強さがアップするそうな。ものすごく先にならんと効果がわからないというか、無意味なまま終わる可能性もある。

まあ、島を取得して『アリス』を捜したらゆっくりやろう。……ここの敵レベル50超えなんだがいつ入替できるんだろうか。あ、ギルドにすでにアリスの島に建てた部屋を回収するための『建築玉』の請求もすればよかった。

ちょっとけちくさいことを考えながら、『建築玉』を使う。

「また崖の中に造るんですか？」

「ここ、上から見たら二重カルデラだったろう？」

火山が噴火して、外周を残して真ん中がポッコリ沈んだのがカルデラ。そこからまた火山が爆発して中にもう一つカルデラができたのが二重カルデラ。二回目は真ん中でなく端に寄った場所が噴火したらしく大きい円の内側に小さい円がくっついたような地形をしている。外側の円は上の方に緑はあるが、海から見れば切り立った岩だ。内側の円はそれよりやや低い岩の崖。……このえぐれ、火山じゃなくてスキルか魔法の跡だったりして。バハムートのブレスとか。

「家の裏口から、内側のカルデラ内に出られるようにしたら面白いかなと思って」

ああ、クランハウスも早く改造したいな。

『ブランク玉』、他の素材はともかく『ポリプの卵』はボス戦になるので採りに行くのが面倒だ。ファイナのボスであるポリプを周回するくらいなら、迷宮のボスを周回して素材を売ったお金で買ったほうが効率はいい。

委託販売で安い『ポリプの卵』を見かけたら買うようにしているが、値上がりしてきている。素材ランクの限度額いっぱいの値段がついたものも買える金はあるのだが、それをすると売りに出す人全員が限度額いっぱいで出すようになるので、避けたい。なのでちまちま買いだめている。

その後バロンに行き、冒険者ギルドで島の取得の申請。今度はトラブルごともないどころか、待たされることもなく承認された。距離的にはアイルのほうが近かったのだが、レーノが結界が苦手だとのことで海から回ってバロンに行った。海上は試される腕力号、陸地は内臓シャッフル号。ステータス上がりましたよ？　修行なの？

宿屋で休憩を挟んだのち、夜が明けぬうちにパルティンとミスティフのファーリアを連れて島へ再び引き返す。召喚主もいない普通のミスティフであるファーリアは、夜しかこっちの世界に出られないからだ。

二つの月に照らされて海上を飛ぶ、パルティンがミスティフを気遣って結界を張っているため、今回試される腕力号の上も快適だ。白を呼び出してもふる余裕さえある、【結界】探さないと。

『とうとう決まったのじゃな？』

『うむ、なかなかいいところだぞ』

『環境はほれ、その地の属性が強くない限りお主の【風水】を定期的にかければなんとでもなるじゃろ』

『……そんなに維持してられるものなのか？』

『火華果山』であっという間に緑が溶岩に呑まれていった光景を思い出す。

あそこは白の毛皮がチリチリになってしまいそうで怖くて呼び出せなかった。

『世間一般でも珍しい【風水術】どころか、【風水】な上に、八柱すべての寵愛持ちのお主の【風水】は異常じゃぞ』

『え、【風水】ってあれが普通じゃないのか？』

『そんなわけないのじゃ!!』

『ちょっと僕の背中で不穏な会話しないでください！　何ですか八神の寵愛って！！！』

『あれレーノ、【念話】使えたのか』

『念話を応用して話している、と前に教えたでしょう？　人の念話なんて離れていれば聞こえませんが、今は体を接してるんですから油断して話すのやめてください！』

『すまんすまん。で、普通の【風水】ってどんな感じなんだ？』

『スルー⁉』

『お主、相変わらずじゃのぅ……』

白が呆れた声をあげた。

【風水術】はちょっとした雨を降らしたり、雲をのけたりだそうな。そして普通の【風水】は、一人ではなく儀式や工事を伴い何人かで時間をかけて行うものらしい。

……あれ？　いや、まあ、人数や儀式、工事によって私が起こした範囲よりも広範囲、ほとんど恒久的に保つことも可能だそうなので。うん、セーフセーフ。

『普通の【風水】は自然界から学びとって、徐々に地水火風なんぞの属性を高めて行くんじゃがの』

ちょっと白、駄目押ししないで！　返事の代わりにもふる。

『パルティン様も僕も属性で苦労しているんですが……』

困惑気味にレーノが言う。

『ホムラ《コレ》はこういうモノだと思って諦めたほうが疲れぬぞ』

『時に白殿』

『なんじゃ？』

『属性で思い出しましたが、こちらに来る前パルティン様に、「ホムラの属性は偏りがなく平均的で、突出した属性はない」とおっしゃってませんでしたか？』

『嘘は言っておらんじゃろ』

『なんだ？』

『パルティン様に、「属性が平均的なホムラと契約すれば、そなたがミスティフに与える属性の影響を制御できる。愛で放題じゃぞ」と』

『ぶっ！　白、何を勧誘しとるんだ、何を』

うりうりと白をもふる。

『嘘は言っておらん上に、足が増えれば便利じゃろが』

『「人間の一生は短い、あの男はあんなじゃし、六、七十年我慢すれば、その六、七十年ミスティフも含めて、属性がどうであれ、もふもふしたものに埋もれて過ごせるぞ」でしたか』

『直後にコレが来て台無しになったがの。せっかく金竜がその気になりかけておったのに』

『ああ。もしかして、私が今人間じゃないぞ、と言った時の会話か』

パルティンの住処でレーノが報告をしている時、また鉱石を掘らせてもらっていた間の会話だ。

珍しく白が肩についてくれなくて寂しく思っていたのだが、そんな会話をしておったのか。

戻って来た時、私が人間だという言葉が聞こえてきたので訂正した覚えがある。

『お主が余計なことを言わねば、手頃な金竜が手に入ったのじゃ』

『相変わらずパルティン様に対して不敬な毛玉ですね。それにしても貴方の周《ま》りっ《わ》て《り》、カル殿といい……、いえなんでもありません』

レーノが嘆きのような謎の言葉を言いだしてみたり、白にひどいことを言われつつ、島に到着。

パルティンが竜の姿から、小さな翼の生えた金髪金目の少女の姿になる。その腕には小柄なミスティフ。全体は茶色くて短毛、長い胸毛と手足だけ白い。ちょっと浮気して、その天鵞絨《ビロード》のような背を撫でてみたい。

「ほう、いいのではないか?」

パルティンが見渡していう、着陸前に上空で円を描き、すでに上から島の全体の確認は果たしている。

「環境はいいと思います」

腕に抱かれたミスティフ、ファーリアが言う。

属性のせいで普段はミスティフに思う存分触れることを避けているパルティンだが、本日は嬉しそうに腕に抱いている。ファーリアも話すたび、パルティンの顔を見上げ、お互いの親愛の情が見えるようだ。別れの前だからだと思うと、少し切ないな。

「ミスティフ達に危害を加える存在もおらぬようだし、ここならスーン殿に時々足を伸ばしてもらえば、海は封鎖できる」

「スーン?」

「普段はサウロイイェル大陸の北に住む海竜殿だ」

あれか、フソウに渡るのが大変な原因の一端を担ってるという竜か?

「風の精霊達に頼んで空も塞げばさらに良い！」

「え、ちょっと待て。どこまで要塞化するつもりだ？」

パルティンがウキウキと嬉しそうに言い募るのにツッコミを入れる。

「欲深い者達はそれでも来ようとしますわ」

「我が同胞を守るためにできることはするのじゃ！」

ミスティフのファーリアと白の意見。

「パルティン様の不安を除くには必要な措置です。大丈夫ですよ、島自体には影響なく進めてくれるはずです」

「え、私以外全員推進派⁉」

……この先の会話は聞かなかったことにしよう。

ついでに実際にそれが行われても全力で見ないふりをさせてもらう！　幸い、島自体には手を加えないと言っているしな！　ＨＡＨＡＨＡ！！！

パルティンとレーノ、ファーリアは島のどこに住まうか見て回りに行った。ハウスには別空間で庭がつけられるそうだが、そこに住まうのは閉じ込められているようで息苦しいと言う。ならば、やはりこの島自体に近づけぬようにしよう！　などとパルティンの不穏なセリフも聞こえたが、とりあえず放置して私はハウス造りだ。

レーノとパルティンがいるからには、あちらに危険はないはず。たぶん。

ここの敵は、『アリス』の島と大体一緒で50から60レベルだ。そんなところまでお揃いでなくていいのに。どの敵も一応ソロでも倒せるのだが、一種類『オカウミウシ・緑』というのがヌルヌルした【行動阻害】つきの体液を吐いてくるので、それがフルパーティーで来ると面倒だ。

『白、ついていかなくてよかったのか？　楽しそうだぞ』

『ふん。今、我はお主の召喚獣じゃ』

『ふ』

ちょっと嬉しい。肩に乗った白に頬を寄せて感触を楽しむ。

ハウスを造るのは、二重円の内側の崖の中、日本人らしく南玄関です。ギリギリ北半球な気配、まあ入り口は日が当たらなくてもいいのだが。そう思いながら、『建築玉』で玄関ではなく、まず長めの廊下を造る。『意匠玉』でお高めだが、手彫りの洞窟風にする。歩くと秘密基地ぽくていい、後で壁にそれらしく燭台もつけよう。

『お主も楽しそうじゃの？』

『うむ。秘密基地みたいでいいだろう』

クランハウスの木の中や、ここの崖の中、どちらも現実世界では叶わない造りだ。……どこかに崖の中の町があった気がするが、まあ予算的にも叶わないだろう。ついでに換気の問題やら湿気の問題やらいろいろ出てきそうだしな。

通路の先に正方形の居間、隣にダイニング、台所。反対側の隣に書庫、寝室。寝室の北側に扉をつけずに区切ったサンルーム付きの居間――北側の部屋は崖の中から外に出るように最初の廊下の長さを調整する――最初の居間の北側に寝室と結ぶ廊下、一応ゲストルーム、風呂。廊下の端は拡張するとき二階への階段をつけられるように。

つい、最初の通路は我慢できずに『意匠玉』を購入してしまったが、他の内装は全て一番安いものにした。【大工】のレベルを上げつつちまちまリフォームをして好みに仕上げる予定。

『無理に家を建てさせてしもうたかとおもったが、……楽しんでいるようでなによりじゃ』

『ん？　もしかして気にしてたのか？』

『そんなことはないのじゃ！』

白が肩で暴れ出した。照れてる？

もしかしてパルティンを勧誘しようとしたのも詫びのつもりだったのだろうか。

『私は白がもふらせてくれたり、なんなら大きくなって添い寝してくれればオールオッケーだ』

『せんわ！』

内側の円の中に出る扉と別空間に出る扉を並べて、観音開きできるようにつける。実際にはどちらか片方しか開かない。どういう造りか、片方を閉めなければ、もう片方を開けることができない。

別空間な【箱庭】は、住人に言わせれば持ち主の『徳』で広さが決まるという。ゲーム的に言うと、住人の問題を解決したり、親切にしたりすると広がるそうな。町中での交流の中で親切にしてもいいし、面倒なら極端に報酬の低い、あるいは報酬のないクエストをギルドで受けられる。デフォルトは十メートル四方。

とりあえず内円の崖の中に出る扉を開けてみる。

「ああ、ホムラ。急に壁がせり出たかと思ったら、ここに家を造ったのか」

扉を開けた正面にパルティンがいた。

膝まで届く見事な金の巻き毛が夜明けの光に輝いて、一幅の絵のようだ。絵のようだが。

「もしかして、ミスティフの塒はここになりそうなのか？」

「うむ、崖《かべ》がもう一回りあったほうが安心だし、ここには水辺もある。ファーリアも気に入ったようだ」

この島には湖が二つある、一つは内円の外、島の西よりにある大きめの湖、もう一つがここ内円の中にある、お天気が続けば干上がってしまわないか心配になる小さな湖。カルデラ湖にはなりきれなかったようだ。

私の庭になる予定だったが、どうやらミスティフの庭になるようだ。まあ、昼間は消えているはずなので問題はないが。

「我の塒から『竜鉱石』を好きなだけ持って行ってかまわんから、我の離着陸場所を設定することを所望する」

「ん？　飛んで来てここに人型で着地じゃいかんのか？」

というか来る気満々なのだな。

「着陸は良いのだが、空は風の精霊に頼んで雲と嵐の天然結界を作り出してもらう心算だ。人型で飛び上がって自分で引っかかるのは間抜けだからな。精霊が溢れる嵐の中を突っ切るのは、元のドラゴンの姿でないとさすがに面倒なのだ」

人型で飛ぶのはバランスがイマイチらしい。ドラゴンのまま小さくなることは可能だそうなので、後で家の近くの崖の上を平らに削って場所を造ることで合意した。ちなみに造るのはレーノである。『転移プレート』を設置して、ファイナに戻る。そのまま神殿で、ハウスの『転移プレート』の転移登録を申請する。カジノの『転移プレート』は転移の許可枠付きなので、設置場所が他人や公共の領域でなく、本人が犯罪者でない限りそのまま通る。さすがに開通するのは二、三日後だが。

主役のミスティフが日の出と共に精霊界に消えていったので、本日の島は終了である。休憩したら、今度は別の島、最初に見つけた島に『アリス』を捜しに行く予定だ。レーノにはすでに頼んである。

島に渡った後は当然宿屋などはないので、もう一度ログアウトして時間いっぱい活動できる準備をする予定だ。あの島は結構歩いたつもりだが、ダンジョンの入り口らしいものは見かけていない。ヴェルスの時は祠のような場所だったので、ダンジョンとも限らないのだが……。とにかく現地に行って手がかりを捜さなくては。明日は休みなので遠慮なく探索ができる。

それにしてもパルティンが張り切っていたのだが、次に行った時、私の島の周辺はどう変わっているのだろうか。不安だ。

などと思っていたら、お茶漬とシンが迷宮から戻ってきたメール&おやすみメールを送ってきた。菊姫もそれに釣られて寝るという。

そしてペテロからアイテムを受け渡したいから会えるかどうかの問い合わせと、時間があるならどこかへ行こうかのお誘い。

ロリセンサーでもついてるんじゃあるまいな？

闘技大会が終わって攻略に流れてきたのか、バロンに異邦人の姿が多少増えた。異邦人は髪も含めて格好が派手なので目立つ、バロンは砂色の町の印象があったが、これからその印象は変わっていくかもしれない。

ペテロ指定の、二の郭の目立たない酒場兼宿屋で待ち合わせ。よくこんな目立たん店でやっていけるなと不思議になるくらいひっそりとした店だ。薄暗い印象の割に清潔でこぢんまりとしている。

「こんばんは」

「こんばんは」

先に来ていたペテロに挨拶をして、向かいに腰掛ける。

ペテロの前には何かの煮込み料理、減っている様子はない。

「『青竜の指輪・暗殺者の矜持』ようやくできた」

「おめでとう。職専用な名前だな」

どうやらクエストで手に入れた青竜の鱗は、指輪に加工されたようだ。

「ホムラも暗殺クエスト、進めればいいのに」

「無茶いうな、益々迷走する。ただでさえお茶漬に『魔法ｄｅ剣士』とか言われてるのに」

「フッ」

『アリス』の島に行くことを告げようかと思ったが、よく考えたらレーノは多分一人乗り。そもそも私以外を乗せてくれるかわからんし、多少慣れたが自分自身乗るに抵抗があるというのに、ペテロを乗せてくれとは頼みづらい。

ペテロに『浮遊』をかけてロープで吊っとけば行けるだろうか。……すごくデカイ魚が釣れそうだな。

「で？　どんな効果なんだ？」

「作るときに魔法か物理タイプ選べるんだけど、私は魔法タイプ。二つ組で指輪が近くにあることを条件に、一定時間、ＭＰが贈った指輪の持ち主と同じ量になるのと、聖法と魔法の職による使用制限が無くなる。知力は変わらないからだいぶ劣化するだろうけどね。物理はＨＰが同じになって、物理スキルの使用制限が無くなるのかな。相手は同じ時間、私の職系統《シーフ》の使用制限が解除される。一時的なパワーアップアイテムだね。そういうわけで受け取れ」

「ぶ！　なんか青竜が、守るべきものとか主人とか不穏なこと言ってなかったか？」

指輪を受け取りながら問う。

私は魔術士始まりなので使える魔法に制限はないのだが、剣士系スキルにレベルの上限と使えないスキルがある。剣士始まりの魔法剣士は、逆に剣士系スキルに制限はないが、魔法にはレベル制限や使えないスキルがある。

ちなみに魔法剣士は、通常知力が魔法使いほど上がらず、魔法の威力はそこそこらしい。剣士系スキルに至っては、使うのを忘れていて制限がつくようなスキルを持っていないというオチがある。

「ああ。その指輪、私を強制的に呼び出せるんだ。断ることもできるけど、一定時間能力低下のペナルティがつくね。指輪の破棄は私の方からできるんだけど、破棄すると私もホムラも、こっちの時間で三ヶ月の能力低下だったかな？　あ、この指輪特殊で薬指指定だから」

「ペナルティきついな、おい」

薬指は契約か支配、結婚などの指輪をはめる場所だ。例えば領主などが『印』として使う紋章の指輪をはめる。薬指でも左は通常結婚のみ、右手は支配の指と言われる。当然右手にはめる。

「ホムラはどうせ強制呼び出し使わないでしょ？　だからこれは、ホムラの居る所に転移する便利な移動アイテムだね」

ペテロがいつもの薄い笑顔を浮かべた顔で言う。

…………ん？

移動？

……。

「なんというロリセンサー！！！」

「ちょっ！　いきなりなんだ？　あとロリコンじゃないから！」

思わず声を上げてしまうほどタイムリー。

何故そんな結論になったのかペテロに説明する。

「待って、敵50オーバーでしょ？　無茶言うな。あとたぶん複数パーティー推奨だからそこ」

説明して、改めて誘うとストップがかかる。

「行ってみなくてはわからんだろう？」

見つけたからには是非行きたい。

「『島』で『少女』で、『幻想』が絡むクエストは私も情報持ってて、ホムラの話に『幻想』は無いけど、『島』『少女』の二つで確定でしょ。答えから問題文見てるみたいなもんだし。私は答えは持ってなかったけど、代わりに情報量は多いかな？　そこは協力ダンジョン、フォスのあのキノコダンジョンと一緒で一パーティーじゃ進めない系だね」

「またスイッチか」

「スイッチかどうかはわからないけど、まあ交互に何かやるとかあるんじゃないかな。そもそも二パーティー以上じゃないとダンジョンが開かないらしいよ？」

「あー……」

レーノと結構島を見て回ったのに、ダンジョンらしい所が無かったのはそのせいか。一箇所不自然にメタルジャケットボアが避ける場所を見つけて、何かあるかと調べたこともあるのだが、あそこに二パーティーでいけば入り口が開くのかな？

「クリアは無理だけど、死に戻り前提の下見くらいなら付き合うよ。どれくらいの距離まで呼べるのか指輪試したいし」

よっぽど私が残念そうな顔をしていたのか、ペテロが言い下見に行くことになった。わがまま言ってすまぬすまぬ。でも新しいダンジョン見たいのだ。迷宮にも行きたいけど！

さてと。

『アリス』の島に到着。手伝いを申し出られたが、レーノには帰ってもらった。見知らぬダンジョンに住人を連れ込む勇気は私にはない。クリアか戦闘不能以外で出られないダンジョンだったりしたら困る。

アリスのクエストの入り口と思しき場所に行くついでに、一応設置してしまった住居を回収しに寄る。

ペテロを待たせているので、とりあえず道中の敵はダッシュで振り切る。それでも寄ってくる敵は魔法で殲滅。

目印は大きなオーク。そばに他の木々はなく、日当たりがいい。

「『我、我の名において、彼《かれ》、彼《か》の者を呼び出す。来れ【ペテロ】！』」

指定の呪文（笑）を唱えると、目の前の私の影にゆらりと黒霧と共にペテロが現れる。

「【黒蒼の忍】お呼びとあらば即、参上！」

マフラーのように首に巻いた布の端を黒霧と共に払うペテロ。

「ふははは！　なんだ【黒蒼の忍】って」

ポーズ付きの口上につい笑う。

「ふー、事前予告あって分かってても、ちょっと慣れるまでかかりそうかな。闘技場でステージに移動するときみたいだった。【黒蒼の忍】は闘技場でもらった称号です」

「【毒使い】とかじゃないのか。あと、召喚呪文毎回は恥ずかしいからなんとかしろ」

私の方が【ペテロ】で、名乗りが【黒蒼の忍】となっているのもどうなのか。

「一番当たり障りがない称号選んでますよ。呪文は青竜ナルンの趣味なんでしょ？」

「あのプルプル竜……、まあどうせ言わなきゃいかんのなら、思い切りベタな前振りセリフでも考えるか」

そう、お分かりかと思うが、この指輪は呪文を唱えないと発動しないのである。

「そそ。熱血少年漫画で行こう」

連れ立って丘の上の歳経たオークに向かう。

「ここがアクティブな敵が避けて通って、怪しい場所なんだが」

「ああ、原作はオークの木の根元でうたた寝だったね」

「じゃあ寝ようか」

オークの根元は柔らかな短い草が生え、寝心地もよさそうだ。

「なんという単純！　ちょっとは周辺調べよう？」

原作のアリスは、姉がオークの木の根元で本を読んでいることに退屈して、ウサギを追いかけて不思議の国に迷い込む——と、見せかけてそこで寝落ちしている話である。『夢オチ』ではなくって『夢の国』が『別世界』だっていいと思うがな。

仕方がないのでオークのウロに手を突っ込んでみたり、この丘に近づくと興味を失ったように急に大人しくなるメタルジャケットボアを狩ったり、オークのウロに手を突っ込んだりした。レーノと来たときは目的が違ったので、怪しいと思いつつも詳細に調べるということはしていない。

「じゃあ寝ようか」

四半刻あまり捜して何もないことを確認すると、飽きたのか満足したのか私と同じセリフをペテロが言う。

敷き布団掛け布団、枕。日の当たる丘、オークの木陰で布団を敷く二人組。

「はたから見たら、なかなかシュールか？」

冷静に考えるとなかなかひどいな？

「普通は布団は敷かないかも。絵面的にはオークに寄りかかって座って寝るとか？」

隣でペテロがやっぱり微妙な顔。

「オークに触れてないとダメとかありそうだし、ちょっと布団をずらそうか」

「そこはずらすだけなの」

オークの木の根を枕に空の下、だ。

「仮面なしのレンガード装備で布団に横にっていうのが、どうしようこれって感じ。私の方もログアウト目的でも、掲示板のチェックするでもなく横になるのもなんか変な感じだし。しかも外」

黒の忍び装束で横になってるペテロもどうだろう？

うん、クランではいつも紺色よりの装備だが、今は黒だ。ペテロもソロとパーティーで装備を替えて調整をしているらしい。

「そうか？　気持ちいいぞ」

ゲーム開始初日に草原で寝転び、星降る丘で寝転び割とあちこちでごろごろしとる私です。

「ホムラはもう少し警戒しようか？　無防備に横になってると襲われるよ」

「そこはそれ、【気配察知】だったり、敵のいないイベント空間という強い味方が。それに返り討ちにできる場所でしかしません」

「あ、寝る前に念の為ＥＰ回復に何か頂戴？　スタート地点が一緒とは限らないし」

「はい、はい」

布団の上にお盆を置いて、そこに紅茶――アリスなら紅茶だろう――と、ピンチョス。布団敷く前に食うべきだったなこれ。

結局、布団から出てオークの根に腰掛けて食べる二人。

「ズッキーニとベーコンおいしい、これ系で温かいの珍しいね」

「アイテムポーチ様々です」

熱々のうちに仕舞っておけば、そのまま熱々で出せる。他は普通にサーモンとクリームチーズ、生ハムとトマト。

「酒が欲しいです、先生」

「これからクエストなので、我慢してください」

「じゃあ、コーラか辛めのジンジャーエール」

「はい、はい」

ジンジャーエールを出すと、機嫌良く飲んでいる。

「コーラの調合頑張るか」

「お願いします？」

ジンジャーエールより素材が多くて調合が大変そうだ。お茶漬とレオとペテロで絶対好みが違うだろうし。

『青竜の指輪・暗殺者の矜持』用の呪文を真面目な顔をして打ち合わせ、笑う。きっとレオたちにも大ウケだろう。お披露目が楽しみだ。

「眠れるかね？」

「これで正しいなら、目を瞑ればイベント始まるんじゃないかな」

布団をかぶって横になった途端、声が聞こえてくる。

「……大変、大変、遅刻する！」

「でた」

「でたね」

ペテロと顔を見合わせて、跳ね起きる。

懐中時計を持ってベストを着た走ってゆく白ウサギを追いかける。文字通り跳ねるように走る白ウサギはなかなか速い。

「先生、大変。追い越しそう」

「加減、加減」

だがしかし私とペテロの方が速かった。

盾職や普通の魔法使いもいるのだから、妥当といえば妥当か。まあ、即かず離れず走って無事ウサギ穴に到達。

「これ、私たちソロで二パーティーだからいいけど、将来おっさんが十二人で追いかけるのか？」

想像するとなかなか嫌な絵面である。

「白ウサギ、お気の毒」

ペテロが笑いを含んだ声でまったく気の毒そうでない声で言う。

白ウサギには必死で逃げてほしいところ。

穴に入って落ちてゆく、落ちた先はお約束の部屋。凄いスピードで落ちてきたはずなのだが、部屋に着く前にふわっと浮き上がるような感覚があって、気がつけば部屋にいた。

「お約束の小さな扉と小瓶がありますな」

ペテロの言う通り、アリスは小瓶の液体を飲んで小さくなり、扉をくぐる。

「普通の扉も隣にあるぞ？」

ノブを回してみるが、鍵がかかっていて開かない。机の上に鍵を見つけたが、大きさ的にどう見ても小さな扉の鍵だ。

「予想外に小瓶が大量にある上、色が違うんだが」

鍵があったテーブルの上に小瓶が並ぶ。

「何か書いてあるね」


――――――――――――

飲んで　飲んで　私を飲んで
飲めば　小さく　小さく　なれる
でも飲めるのは　一つだけ！

みんなで　同じいろは　選べない！

――――――――――

「うーん【鑑定】しても同じことしか出てこない」

「飲んでみるか？　なんとなく属性が関係してそうな色だけど」

「選ぶ属性《いろ》によってルートが変わるとかなのかな？　あ、私が先に飲むよ。もし状態異常がついたらその方がいいでしょ、回復してね」

「了解。色は先に好きなの選んでいいぞ」

机の上に並んでいる小瓶は、緑・赤・黄・白・黒・青みがかった銀・金・銀だ。

「青銀は風？　闇って黒かと思ったけど当て嵌めてくと銀になるのかな」

少し首を傾げるペテロ。

「緑は樹木の神タシャ、赤は火の神アシャ、黄は地の神ドゥル、白は金《こん》の神ルシャ、黒は水の神ファル・青みがかった銀は風の神ヴァル、金は光の神ヴェルス、銀は闇の神ヴェルナだ」

「どこかに情報あった？」

「古本屋で買った本にヴェルナについても少し記述があった」

闇の神ヴェルナは隠れた神、他の神々と違って伝承が少ない。

光の神ヴェルスも引きこもってたのだが、こっちはそれまでのやらかし――英雄譚への登場など、足跡が派手で割と情報が多い。

「そういえば私、青竜って水だとしばらく勘違いしとったことがあったな。木だと思わんかった」

元は青菜の青、木々の色らしく緑のことなのかもしれんが、蒼龍とも言うし。

「日本の龍は水神だし、混ざるよね」

東の青龍、西の白虎、南の朱雀、北の玄武、四神と木火土金水の五行の話だ。我ながら唐突な話題フリだと思うのだが、ペテロにはそれで通じる。

「利根川《ばんどうたろう》も吉野川《しこくさぶろう》も龍。地形は青龍が河川で山が玄武なんだよな」

だが司るのは青龍が木で、玄武が水だ。

「とりあえず北の海は黒いイメージあるし、水が黒でもいいんじゃないかな？　そこに闇が銀って言われて混ざるとちょっと納得いかないけど」

そう言って銀色の液体の入った小瓶をつまみ上げるペテロ。

「闇かな」

「安定の闇選択。飲むことを考えると赤か白かな、ワインよりはカルピス味を期待しよう」

白い液体の入った小瓶を手に取る私。

「下戸乙」

「能力強化で言うと力より器用上がった方がいいし！」

金の神ルシャは職人の神でもあり、【加護】などを受けると器用さのステータスが上がる。

「おいしいのに酒」

そう言って、小瓶の封を開け、中の液体をペテロがあおる。

「ぐふぅ！」

「おい！　大丈夫か⁉」

慌てて『異常回復』をかけるが、ペテロが大丈夫だというように手を振る。

「何故、プリンの味が……っ！」

「はははははは！！！！」

プリン好きヴェルナの好みの味！

「液体で飲むには甘すぎる‼　色関係ないし！！！！」

小さくならなかったペテロ。

部屋の捜索をもう一度したが、特に何も見つからず、文面の「みんなで同じいろは選べない」は裏返せば「みんなで違う色を選べ」で、全員飲まないと変化しないのか？　という結論に達した。

——ヴェルナの味の法則でいくと、ルシャの味はなんだ？　まさかスパイス、タバスコか？　若干不安に思いつつ、蓋を開けて匂いを嗅ぐ。白い液体は無臭。

覚悟を決めて一気に飲み干す。

「勝利！　ラッシーヨーグルト！！！」

「えー、普通すぎ‼」

よかったタバスコ味じゃなくって！！！！

そして私だけ縮んだ罠。

白ウサギサイズだと思っていたのに思い切り手乗りサイズです、どうするんだこれ。

「能力半減しとるんだが大丈夫かこれ？」

「片方のパーティーは大きいままで護衛するとかかな？　とりあえず多分扉の先に行けば普通の扉開けられると思うからよろしく」

ペテロの手に乗せられて小さな扉の前に連れて行かれる。

小さな扉を開けて外に出ると薄明るい森の中、何か変だと思えば太陽がない。障子を通したような明るさの中、木々はその枝にお菓子を実らせている。ロリポップから始まってキャラメル、角砂糖、マカロン、ロールケーキ、色とりどりのグミ。角砂糖って菓子か？

「なんだかすごく場違いなところに来た気がする」

目の前の光景にため息をついて振り返り、見上げると、普通サイズの扉には鍵が刺さったままだ。不用心だなおい、と思いながら鍵まで飛ぶ。一応登れるギミックはあるようだがわざわざ苦労をするつもりはない。

「ありがとう。……シラユリとか喜びそうだね」

鍵を開けるとペテロが出てきた。

目の前の光景を見て、パクパクとチェーン甘いものをしていたクロノスのシラユリを思い出したらしい。

ああ、レーノとカルを連れて来るべき？

「菓子より普通に果物がなってる方が嬉しい」

「ファンタジーでいいじゃない」

ペテロの肩に乗って、お菓子なダンジョンに出発である。

って、摘むなこら！

「私が縮んだ方が良かったかな？　敵が出てきたら勝てる自信がない」

ぶら下げられたペテロの顔の前、浅葱色の目が私を見る。

「とりあえず能力上昇系の魔法は全部かける」

「ん。敵の攻撃、一回避けてみていい？　補助魔法が消えた時にどのくらいになるか確認しておきたい」

と言うわけで、一匹でいる敵を見つけて戦闘。

「避けるのはなんとかなるけど、やっぱり私が一人で倒すのはキツい」

結果、まずまともにペテロの攻撃が通らず、毒も効きが悪い。

「やはりレベル差がありすぎるか」

「まあね。前言撤回するよ。私が縮んで能力半減くらってたら、避けるのも間に合わなくて早々に詰んでた。ホムラは半減しても魔法でダメージ出せるの凄いね」

知力が２００超え、白装備やマスターリングで強化されまくってるので、半減食らってもレベル50オーバーの敵相手に、さすがに一撃とはいかないけれど、普通にダメージを叩き出してる私です。

「装備がアホみたいな能力しとるからな。――すまん、無茶なところに付き合わせた」

「いいよ、いけるところまで行こう。避けまくりますよ」

笑いながら言うペテロ。

白ウサギを追いながら、狭い穴を私が通り抜けてギミックを操作したり、小さいままではどうにも動かすことができない歯車をペテロが動かしたりと、ほとんど交互に何かしながら障害物を越えてゆく。

そうして敵を倒しつつ白ウサギを追っていると、チェシャ猫が白ウサギの懐中時計をかっさらい、白ウサギはトランプの兵隊が連れて行ってしまった。

「私は白ウサギの方だね」

そう言って、私の前に手のひらを差し出すペテロ。

ペテロの肩からそちらに移動すると、チェシャ猫の入り込んだ木のウロの前に連れていかれる。

「いってらしゃい」

「いってきます」

チェシャ猫を追って、木のウロを滑り降りる。

その先は曲がりくねったそこそこ広さのあるウロの道。

このダンジョンの敵は、石を投げてくるトカゲや、魔法と物理を使う太った双子、フォスではボスだったグリフィン。

全てアリスの物語の登場人物で、戦い方がトリッキーな敵が多い。ウロの中にさすがにグリフィンはデカすぎて出ないが、他の敵は出る。そして落とすものはスパイスやら砂糖やら……。

「なので、本当は狩り尽くす勢いでいきたいんだが、小さくなったこの身では移動もままならず……」

あまり時間をかけていると、ペテロとの合流が遅くなる。

「建前はいいのじゃ！」

「白の毛皮は至福です」

あれです、喚び出した白に乗せてもらったら、もうドロップアイテムも戦闘もどうでもよくなりました。

人をダメにするもふもふです。白の毛に埋もれて、全身もふもふ。これを手放すのは冬の寒い日、暖房のない部屋で布団から出るより難しい。

「ほれ、いたぞチェシャ猫じゃ」

風のように走って、さっさとチェシャ猫に追いつく白。

「白、まだペテロ着いてないだろうし回り道をしよう」

「阿呆なことを言い出すでない！　さっさと倒すのじゃ！」

ううう、私の至福の時間ががががが。

木のウロの中だったのに、いつの間にか開けた森の中。

相手は『アリス』の物語で有名になった、耳から耳まで届くようなニヤニヤ笑いの口の猫。黄色い目とニヤニヤ笑い、立派な縞を持ったドラ焼きみたいな潰れた顔した大きな猫。猫は好きなのだが、猫というだけではもふもふ補正はかからない。というか、にゃ〜〜〜オゥと鳴く野太い声が絶対猫じゃない。猫だと思わなければ、ことあるごとに、おっさんがワァ〜〜〜オゥと言っているようで嫌な感じである。

それでも猫であるからには、と様子を見ていると「にゃ～～オウ」と鳴いて、いっそ狸のようなふっさふっさな尻尾を振って、針の毛を飛ばしてくる。

剣で払い落として距離を【縮地】で詰めるが、届く前に縞を残して消え、背後に現れる。

「ってっ！」

後から本体に現れた、しっぽの縞がバネのように伸びてドリルのような先が刺さる。

振り向きざまに振り払えば、今度は三日月形の口を残して消える。そしてまた別の方にニヤニヤ笑いを浮かべて現れ……。

空中に香箱を組んで、ニヤニヤしながら尻尾で多彩な攻撃を加えてくる。魔法も届く寸前に移動してしまうので、剣に替えたのだが同じだ。

「これはスピードの問題ではないの」

白の速さでさえも攻撃をいれられていない。

針の毛を避けながら、周囲を調べるが、特にギミックの様なものはない。

「口だけ残る時と、縞だけ残る時とで出現場所が決まってるとかかな？」

攻撃もそこそこ痛いのだが、何よりこっちが当てられないのにニヤニヤ笑いながら尻尾だけで攻撃されるのがいただけない、ストレスの溜まる敵だ。

でかい図体で立ち上がりもしないで攻撃を加えてくる。——でかいのは私が小さくなっているせいだが——とりあえず観察してパターンを見つけよう。こういうのはペテロとお茶漬が得意なんだが。

《チェシャ猫のヒゲ×5を手に入れました》
《チェシャーチーズ×5を手に入れました》
《チェシャ猫の塩瓶×5を手に入れました》
《チェシャ猫の魔石を手に入れました》
《スキル石『ねこぱんち☆』を手に入れました》
《『キノコ・大』を手に入れました》
《『白ウサギの懐中時計』を手に入れました》

待て、なんだ『ねこぱんち☆』って。

ネコの肉球付きグローブの幻影がつくが、その実態は百裂拳？　幼女に似合いそうだな、ペテロ案件発生中！

――ネタにしているが、本人は実はそんなに幼女好きでもない。ただただ、何故か幼女に好かれるだけで。たぶん真正ロリコンではない、たぶん。たぶんね？　前やっていたゲームでは、幼女を作れと言われ作ったら、やたらくっつかれたが。私が揶揄うのはその時の意趣返しだ。

一瞬ラピスにやろうかと思ったが、彼女は狼だった。他に格闘系の幼女の知り合いはおらんのだが、これは成人女性でも可なのか不可なのか。いっそもうシンにやるか。

チェシャ猫は、縞を残して消えた後は遠距離物理しか当たらず、口を残して消えた後は魔法しか当たらず、全部一緒に消えた後は近接物理しか当たらんかった。気づいてしまえば何て事のない敵だったが、気づくまでがイライラした。

――【投擲】も少し真面目に上げておいたほうがいいだろうか。攻撃手段は色々あった方がいい。

最後は原作通り三日月形の笑いを残して消えていったので、チェシャ猫を倒したとは思えない。

すでにどこかの木の梢でニヤニヤ笑いを浮かべている気がしてならない。

「どうやらようやく戻れるらしい」

『キノコ・大』を手に取り【鑑定】すると、思った通り体を大きくする効果。

なんかずんぐりむっくりな形状に黄色い傘に赤の水玉、古くから続いて今でもＶＲゲームで低年齢から人気のある某ゲームのアイテムを思い出し、著作権的な何かは大丈夫なのだろうかとちょっとだけ心配になる。

「ふむ、では我はお役御免じゃの」

白がため息まじりに言う。

「え、いやいや！　気のせいです、まだしばらく小さいままです！」

白の胸毛にしがみつく私。

すばらしきかな白の胸毛、ふっくらさらさら絹の手触りですよ！

ぷりぷりしながらも、出口までじゃと短い距離を乗せてくれた白が帰ってしまい、おとなしくキノコを食べる。……何故にチョコレート味。

元の大きさに戻って、外に出る前に振り返る。やたら広いと思っていたフィールドは他のボスフィールドよりも狭かった。

TOブックス NEWS
2023 4 APRIL
TO BOOKS NEWS 2023 APRIL
シリーズ累計 120万部突破!(紙＋電子)
※2023年4月現
ティアムーン帝国物語 13
ノベル 4/10 発売
～断頭台から始まる、姫の転生逆転ストーリー～
著:餅月望《もちつきのぞむ》 イラスト:Gilse《ぎるせ》
DRAMA CD
ティアムーン帝国物語
ドラマCD 第2弾
TOブックスオンラインストア限定!
2023年4月10日発売!
コミックス 4/15 発売
ティアムーン帝国物語
～断頭台から始まる、姫の転生逆転ストーリー～@COMIC 6
漫画 杜乃ミズ 原作 餅月望 キャラクター原案 Gilse
2023年 TVアニメ化決定!!
TVアニメ公式サイトはコチラ! tearmoon-pr.com
© 餅月望・TOブックス／ティアムーン帝国物語製作委員会2023

魔術士オーフェン はぐれ旅 聖域編
© 秋田禎信・草河遊也・TOブックス／魔術士オーフェンはぐれ旅製作委員会2023

絶賛放送中!
TVアニメ
魔術士オーフェン はぐれ旅

TVアニメ 決定!!

「妹の笑顔は、世界より重いのよ？」
シスコン聖女のステゴロ痛快
ファンタジー、開幕!!

神の代行者として国を守護する聖女。その一人である伯爵令嬢・クリスタは、生来の美しさに加えて歴代最高の魔力と優秀な頭脳を併せ持っていた。だが、完璧超人に見える彼女の内面は――重度のシスコンだった!? 妹が婚約破棄されたと聞けば、元婚約者の屋敷に単身殴り込み拳一つで大暴れ！ お見合いがあると聞けば、お見合い相手と決闘騒ぎ！ 妹至上主義な彼女の行動は波紋を広げ、隣国まで巻き込んだ騒動に発展していき……？

国を守護している聖女ですが、妹が何より大事です

～妹を泣かせる奴は拳で分からせます～

著：八緒《やお》あいら　イラスト：ミュシャ　キャラクター原案：so品《そひん》

CORONA EX
コロナEX
TObooks

WEB配信サービス誕生！
https://to-corona-ex.com/

五感全てを再現できる、あまりにリアル過ぎるVRMMOゲーム「Nostalgia world online」。ここに「首狩り姫」の異名を持つアリスという少女がいた。鼻歌を口ずさみながらモンスターを両断する様はまるで無慈悲な死神として恐れられている。だが、さも冷酷そうな彼女の正体とは……「ん～いただきます♪」ちょっぴり食い気が盛んなだけのいたいけな少女だった！ 恋愛不要！ 食いしん坊万歳！ なのに最恐！

可愛いのに最恐!? モンスターたちを震撼させる新米冒険者が誕生！
人も獣も狩り尽くすVRMMOファンタジー！

Nostalgia world online

～首狩り姫の突撃！ あなたを晩ご飯！～@COMIC 1

漫画：葉星《はぼし》ヒトミ　原作：naginagi《なぎなぎ》　キャラクター原案：夜ノ《やの》みつき

TOブックス4月の刊行予定

コミックス	4/1	『おっさん、勇者と魔王を拾う @COMIC 6』 漫画：白川祐／原作：チョコカレー／キャラクター原案：ハル犬
コミックス	4/1	『餓死転生 ～奴隷少年は魔物を喰らって覚醒す！～ 第二部 2』 漫画：葵瑞希／原作：池崎数也／キャラクター原案：そるち
コミックス	4/1	『ダンス イン ザ ヴァンパイア バンド エイジ オブ スカーレット オーダー 12』 著：環望
コミックス	4/15	『リタイヤした人形師のMMO機巧叙事詩 @COMIC 4』 漫画：いづみやおとは／原作：玉梨ネコ／キャラクター原案：高瀬コウ／ストーリー協力：伊藤高史／構成：梶田まさよし
コミックス	4/15	『#壊れた地球の歩き方 @COMIC 2』 漫画：あきづき弥／原作：ヤマモトユウスケ／キャラクター原案：マッパニナッタ
		『魔王と勇者が時代遅れになりました 2』 著：結城忍／イラスト：オウカ
		『転生令嬢は精霊に愛されて最強です……だけど普通に恋したい！9』 [illegible]レイ／イラスト：藤小豆

ノベル 4/10発売
おかしな転生 23
ふわふわお菓子は二度美味しい
著：古流望《こりゅうのぞむ》 イラスト：珠梨《しゅり》やすゆき
シリーズ累計
100万部
突破！
（紙＋電子）
文庫 4/1発売
おかしな転生 2
最強パティシエ異世界降臨（TOジュニア文庫）
作：古流望《こりゅうのぞむ》 絵：kaworu《かをる》 キャラクター原案：珠梨《しゅり》やすゆき
2023年7月より
TVアニメ放送開始!!
TVアニメ公式サイトはコチラ！ okashinatensei-pr.com
©古流望・TOブックス／おかしな転生製作委員会
新しいゲーム始めました。
DRAMA CD 4/20発売
ドラマCD Ver.2.0
GOODS 4/20発売
雑貨屋エンブレムワッペンステッカー
GOODS 4/20発売
タオルハンカチ
穏やか貴族の休暇のすすめ。
DJ CD 4/20発売
穏やか貴族のラジオのすすめ。DJCD
GOODS 4/20発売
イレヴンぬいぐるみ
GOODS 4/20発売
ポストカードセット
悪役の王女に転生したけど、隠しキャラが隠れてない。
描き下ろし
特典SS付き
GOODS 4/10発売
ポストカードセット
おかしな転生
TREAT OF REINCARNATION WASANBON
おかしな転生 和三盆
特典SS付き
GOODS 4/10発売
和三盆

ゲーム始めました。
～使命もないのに最強です?～7
著：じゃがバター　イラスト：塩部縁
シリーズ累計 20万部突破!!（電子書籍を含む）
大人気シリーズ
「新しいゲーム始めました。」
「穏やか貴族の休暇のすすめ。」
DJCD＆ドラマCD同時発売！
シリーズ累計 100万部突破！（電子書籍を含む）
穏やか貴族の休暇のすすめ。17
著：岬　イラスト：さんど
ノベル 4/20発売
原作小説4巻＆コミックス2巻同月発売！
レーネのレターセット同日発売！
バッドエンド目前のヒロインに転生した私、今世では恋愛するつもりがチートな兄が離してくれません!? 4
ノベル 4/20発売
著：琴子　イラスト：くまのみ鮭
シリーズ累計 15万部突破！（電子書籍含む）
バッドエンド目前のヒロインに転生した私、今世では恋愛するつもりがチートな兄が離してくれません!? @COMIC 2
漫画：七星郁斗　原作：琴子
コミックス 4/15発売
強力なライバル登場でも、二人の世界は壊されない！無垢な王女と腹黒アサシンの年の差・偏愛ファンタジー第3弾！
ノベル 4/10発売
悪役の王女に転生したけど、隠しキャラが隠れてない。3
著：早瀬黒絵　イラスト：comet　キャラクター原案：四つ葉ねこ
コミックス 4/1発売
夢見がちな弓使いのハイスピード成り上がりVRMMOファンタジー、最終巻！
不遇職の弓使いだけど何とか無難にやってます @COMIC 3
漫画：成瀬真琴　原作：洗濯紐　キャラクター原案：bun150
CORONA EX コロナEX TObooks
TOブックス コミカライズ
連載最新話が読める！
WEB配信サービス誕生！
https://to-corona-ex.com/

出口を出たらペテロが戦闘中でした。

「参加！」

短く叫んで戦闘に交ざる、ペテロに『回復』と『ハイヘイスト』。

キノコダンジョンの時と一緒で、ボスを倒すともう片方のボス戦に送られる仕組みのようだ。

「そっち終わるの早すぎ」

「ペテロこそ。私は道中の敵、ほとんど無視してるぞ」

白に乗って駆け抜けた。

「私も敵を釣らないように移動したんだけどね。この通りまだ戦闘中」

「指輪の能力解放するか？」

「いや、これ数が多いけど、避けられるからいい。多分ハートのカードだけ先に全部倒さないとダメっぽい。他のカードは倒すと増殖する」

「それにしても毒ってるのが多い気が……」

敵のカードから、まんべんなく黒ずんだ紫のエフェクトが立ち上っている。

「つい、最初に全部【猛毒】を」

「流石です」

ダイヤは回復を使用、クラブは棍棒を持って殴りかかってくる、スペードはハサミを持って追いかけてくる。ハートは魔法。回復から倒すのがセオリーだが、今回は魔法を使うハートから。確か原作アリスのラスボスらしきモノはハートの女王だ。

ハートを狙うと他のカードが庇ってくる上、ハートよりも他のカードの方がＨＰが低い。魔法は控えて確実に倒していくことにする。

ペテロとは他のゲームでも二人旅が多いので気心が知れている。だいたい私が近接物理でペテロが弓や銃などの飛び道具。今回使っているのは弓でも銃でもないけれど、正面が私の担当なことは変わらない。

《加工紙×５を手に入れました》
《トランプの砂糖壺×５を手に入れました》
《ダイヤ×５を手に入れました》
《クラブの棍棒を手に入れました》
《トランプ・ダイヤの魔石を手に入れました》
《『スペードの鋏』を手に入れました》

「数は多いが攻撃は軽いし、なんとかなる範囲だな」

「いや、普通のパーティーは大半を避けたりできないから」

そういえば、ペテロも【ヴァルの加護】持ちだったか。

速いし、弱点を突くのが的確だ。正面からは苦手なようだが、職を考えると仕方がない。範囲スキル、広範囲な魔法はともかく、単体魔法は弾いている。斬るのではなく、弾くことしかしていないので、私の持つ【月影の刀剣】の『魔法を斬る』や【魔法相殺】とは別のアイテム効果かスキルを持っているのだろう。

「ペテロも十分規格外だと思うがな」

「私は一点集中特化だから。避けるのは良くても、毒が効かないと倒せない」

ペテロが肩をすくめる。

その後ろで、隅に居たらしい白ウサギが逃げてゆくのが視界に入る。

「おっと、白ウサギが逃げる」

それを追ってウサギ穴に落ちると最初は土壁だった穴が、ガラスに替わる。

落ちた先は球形のドームの中だ。落ちたはずなのに頭上には星が見える。

『ここは少女が生まれる地』

『ここはフラスコの中』

『ここは始まりの少女が在る地』

『ここは永遠の少女が封じられた地』

『ここを見つけた貴方は誰？』

「ヴェルナか」

闇に溶けた黒髪に、闇に浮かぶ白い絖《ぬめ》のような肌。

「私の【寵愛】を持つ貴方はホムラ。もう一人は誰？」

ヴェルナの顔は私とペテロの方を向いているが、視線の焦点は遥か後ろ。浮いている微動だにしない体に動かない唇。それでも声は響くし、私を、ペテロを見ている。

「ペテロだ」

ペテロが名乗る。

今はヴェルナの視線が私になく、ペテロに向いているのがわかるので私は沈黙する。


「貴方は私の力の欠片をその身に宿しているのね？」

「今はヒトの息する地に私の霊蔵《たまぐら》はないはず」

「貴方は闇を纏うモノの王？」

「いいわ、貴方に【祝福】をあげる」


過去に聞いた事のあるセリフ。途切れ、次のセリフが前のセリフに少しかぶるように響く、祝福の判定。

だがしかし、ペテロがいい笑顔である。怒ってる怒ってる。【隠蔽】していたことを言い当てられたのか。――『闇を纏うモノの王』ってなんだ？

「いかにも私は闇を纏うモノの王、だが人前で人の隠し事を暴くのは感心しない」

「私は闇の中、見るのではなく聞く」

「言葉にしてはじめて知る」

「貴方はホムラの僕《しもべ》」

「無関係な者なら時を止める沈黙を」


「【剥奪】のアナウンスも無かったし」

ヴェルナの言葉を聞き、ペテロが肩をすくめてそれ以上の苦情の申し立てを止める。

「ペテロさんや、暗殺者にもマスターリングあるんですかもしかして？」

「ありますよ？　バラすと普通は暗殺者のスキルごと【剥奪】されますが。どうやら指輪の契約のおかげでホムラは話しても大丈夫みたい？　職業柄かなんなのか、ドラゴンリングは無いけどね。代わりに『暗殺者の矜持』があるのかな？」

『封印の獣』といい、【暗殺者】といい、ワールドアナウンスには流れない、伏せられたクエストは一体幾つあるのか。まだ知らない謎がたくさんある気がする。

というか、一点集中特化って暗殺者に特化したってことなのか。

「『白の錬金術士』が造った最初にして永遠の少女」

「彼はそれを『アリス』と名付けた」

錬金術、フラスコ、造った、とくればホムンクルスか。ペテロも気づいたらしく、ドーム形のガラスの壁を眺めている。まさかこの大きさの少女じゃないだろうな。


「『白の錬金術士』が寿命を終えて」

「『アリス』は錬金術士を造ろうとした」

「でもこのフラスコから生まれるのは少女だけ」

「『アリス』の望みがある限り」

「フラスコの中のモノは少女にも」

「錬金術士にも」

「何者にもなれない」

「境界が曖昧なモノは境界の綻びをつくる」

「それがフラスコと『アリス』が封印された理由」

「『アリス』を止められる?」

「『アリス』の望みを止められる?」

「止められるなら連れて行っていいわ」

「『アリス』は封じた獣の中では弱いけれど」

「とても厄介」

「貴方たちは二人だけ」

「なんとかなるかもしれない」


「話だけ聞いているとまともなんだけど……」

話が終わったタイミングで黙って聞いていたペテロが疑問を投げかける。

「何だ？」

「何でプリン出してるんだ？」

「いやまあ、約束してたし。イベント的に話を終えたらヴェルナが消えそうだったし」

ヴェルナがむぐむぐと出したプリンを食べている。カラメルソースはヴェルナの好みに合わせて、ちょっとほろ苦くしてある。

「前回と違うのは材料のせい？」

「ああ、さすがにドゥルの素材には敵わん」

「ん、こっちも素朴で好き。何を使う？」

「卵と牛乳、砂糖が基本だな」

ランクが高い、ここで出た『トランプの砂糖壺』を使って作り直したのだが遥か及ばず。迷宮で卵はともかく乳はドロップするのだろうか。オーレ・ルゲイエがそういえば落としたか。床磨き用のミルクなのか食用なのか調べようとして忘れてた。

ドゥルの用意してくれた食材には遥か及ばないだろうが、なるべくランクの高い食材を求めてあの味に近づけたいところ。

嬉しそうにプリンを食べる正面のヴェルナを眺める。一応、合格点だろうか？

「ボス前にプリンで和まれても反応に困る」

私の隣でプリンを食べながら、暗殺忍者が何か言ってます。説得力無いな！！

ペテロ側のボス、『トランプ』に居た『白ウサギ』がこのフラスコの中への案内人ならば、私の側のボス、『チェシャ猫』で入手した『白ウサギの懐中時計』は、時を止められている『アリス』を動かす鍵だ。

フラスコの中央に立つ、光を吸い込む真っ黒なオベリスク。懐中時計と同じ形の穴にはめ込めば、懐中時計の針がすごいスピードで回り出す。


『わたしを起こすのは　だあれ？』

『わたしの握る　白いローブ』

『わたしを撫でる　長い指先』

『幸せな記憶　悲しい記憶』

『揺り起こすのは　だあれ？』

声が響いたかと思えば、オベリスクから少女がゆっくりと染み出すように浮かび出てくる。

まずは顔、目を閉じた小さな白い顔。白いタイツに覆われた膝と、その上にかかる青いワンピースの裾。次に胸にかかる明るい金髪、ブルーのワンピースに白いエプロンドレス。

「アリスですね」

「アリスだな」

「私、役に立たないからね？」

「またまた。闇を纏うモノの王が何をおっしゃる」

「条件満たせばなれるものだし。ここの道中逃げまくりですよ？」

「私も道中すっ飛ばしたぞ」

白に埋もれる道中、至福でした。

「中ボスもホムラが来なかったら、削られて負けてたと思うよ？　あとついでに普通レイドって聞いて二人で来ることを思いつくの自体変だから自重する」

「来られたんだから無問題だろう？」

話している間にアリスがオベリスクから完全に抜け出した。

『アナタの時も　止めてあげる』

開いた目、瞳は透き通ったブルー、いや、赤に変わった。

途端に降り注ぐ水が鏡のような池を作ると、溜まった水が盛り上がり、ネズミを中心とした様々な動物を形作り始める。

「浸かってるとやばいのかな？」

念のためペテロに『浮遊』。私は常時浮いてます。

「その分『アリス』の回復があるっぽいね？」

透明な飴細工のような動物たちはとても脆いようで、ペテロの投げた苦無《クナイ》にあっけなく砕け、水に返る。

その時に波紋が起きるのだが、その波紋がアリスのいる場所に届くと、アリスに回復のエフェクトが出る。

「なんか微妙な回復量だな」

会話を交わしながら私も攻撃を加える。

動物たちはろくに何もしてこず、周囲を動き回っているのだが、接触したとたん爆発し、近くの動物も巻き込み誘爆の連鎖を起こす。

「ネズミ算」

ペテロが言うように、消した動物にプラスしてネズミが二匹水から盛り上がってできている。

「『トランプ』と一緒で増えるのか。この爆発は『アリス』にも効くのか？」

試しに『アリス』を巻き込みつつ、離れた動物に魔法を放つ。

動物たちは爆発して消えたが、『アリス』にダメージはないようだ。そして鏡のような池が、放

った魔法の色に一瞬変わって、同じ魔法が返ってきた。

「すまん！」

慌ててペテロを『回復』。

「範囲攻撃はだめなのかな？　それに関係ないところでも爆発してるね。プレイヤーの他に、猫の形のヤツと他が接触すると爆発するみたい？」

「なるほど」

そして勝手に増えると。

相変わらず状況判断と分析が早いな、と思いつつ猫の形のものを狙って単体魔法を放つ。どうやら遠くの猫に攻撃を当てて誘爆させて数を減らすのが正解っぽい。

「あとは避けるしかないかな」

上から降ってくるお菓子の雨。

こちらも降らしてくる菓子の種類によって、酷い状態異常がつく。【沈黙】を食らって焦った、何か対策を探さないと。

中ボスだった顔と手足がついたトランプが降ってきて、攻撃を仕掛けてそのまま消えていったり。チェシャ猫が『アリス』と私、『アリス』とペテロの場所を頻繁に入れ替えてゆく。まあ、二人しかいないのでチェシャ猫が現れた時点で、入れ替わった対象の行動がキャンセルされるので、攻撃対象を『アリス』からお互いに変えたり、回復対象を『アリス』にするだけで済んでしまったが。

『アリス』が白いバラの花びらや赤いバラの花びらを降らすと、私とペテロのＨＰやＭＰが微妙に減り、また『アリス』が微妙に回復をする。

「どうにも微妙なスキルで気持ち悪い」

ペテロが首をひねる。

封印の獣、ボスの割に『アリス』は攻撃手段も回復も微妙。ここから何か仕掛けてくるのかと警戒するが、ずっとこの状態が続いている。

「あ、これ【幻想魔法】だ」

そして唐突に気づいた。

「【幻想魔法】？」

怪訝そうなペテロ。

「使う対象が多いほど効果が高い、超広範囲魔法」

鳩を飛ばしたり、蝶を飛ばしたりするだけではない。

「二人レイドの弊害か！」

ペテロの語尾にｗｗｗが見える。私たちには恩恵だが、ゲームバランス的にはよろしくない。

「魔法で奪う対象が十二人で、回復対象が『アリス』一人なら結構な量が回復してたかもな」

「動物の方も人が多いほど触っちゃうだろうし、なるほど」

後で『アリス』は『幻想魔法に特化』したような称号持ちであることが発覚。対象が多いほど効果が高くなる幻想魔法だが、一人増えるごとに上がるその上げ幅がえげつない。

後続のフルパーティーは『フラスコの中の少女』に結構な苦戦を強いられることになる。

「何かファイナルアタック的な攻撃が来る前に指輪解放しとくか？」

「鬼畜！　ぜひお願いします」

どっちもどっちな二人である。

「『来い！　我が剣、我が盾！　我が影よ！』」

登録したセリフを叫べば、伸ばした腕のさらに指の先、指輪が青白く光る。

隣に居たはずのペテロの姿が消え、前方に伸びる私の影から黒い霧が現れる。霧の中にペテロの背中がかすかに見える。

「『主が呼び声に応えるは闇を纏うモノ……　我が身主の盾なり、我が身主の剣なり、我が身あくまで影なり！』すみません剣と盾の順番間違いました！」

首に巻いた布と霧を払ってペテロ登場。

私に背中を向けているのは戦闘中に呼び出すと敵と正対するからだ。

「笑う」

セリフの間違いもそうだが、隣から消えてすぐさま前に現れたのがもうダメだ。笑う。

「後で直しとく。でもまあいい感じ？」

「そういえば『闇を纏うモノ』は出してよかったのか？」

笑いをこらえながら、【縮地】を使い、『アリス』との距離を一気に縮め、【幻影ノ刀】を使う。

スキルにはＭＰ消費型とＥＰ消費型がある。前者は魔法、後者は物理スキルなことが多い。そしてＥＰ消費型の特徴は、ＥＰの一時消費と消費量の二つがあること。例えばスキルを使った直後は50減って、そこから徐々にＥＰのゲージが45戻り、最終的にＥＰの消費は５になるような感じだ。数値はスキルによって違う。

【グランドクロス・刀剣】も使ってみたいが、【縮地】直後はＥＰのゲージが戻っておらず、使用ＥＰの多いスキルは使えない。そしてＥＰが戻るまで待つのでは【縮地】の意味がない。

「『暗殺者の矜持』を使ってる時点でバレるせいか、呼び出されてる間は解禁ですよ。すごい、知力とＭＰ足りた」

アリスの攻撃を避けながら、呼び出し後のステータスを確認していたらしいペテロが言う。

「なんだ？」

「持っているけど色々足りなくって使えなかった大技。――『守るべき者、我が背にあり。契約により畏き竜の影を借りる！　我呼ぶ幻影は青竜ナルン！』」

ペテロが召喚呪文っぽいものを叫ぶと、私とペテロの指輪から光が溢れ、二人の中間で合わさり、質量を持って膨れ上がる。

「うをう！　ぷるぷる竜召喚か！」

「幻影ですが」

声を出さずに笑うペテロ。

《ソロ初討伐称号【幻想に住む者】を手に入れました》

《『永遠の少女アリス』を各パーティー一人の最少人数で初討伐しました》
《なお、この情報は秘匿されます》

……二人旅には温かったです。いや、ぷるぷる竜さんが吐いて帰った魔法ブレス強かった。

「ソロ討伐」

やっぱりペテロの語尾にwwwが見える。

「二人なのにソロとはこれいかに」

ソロパーティー二つと言えなくもないが、微妙だ。

「【幻想に住む者】か。強化されるようなスキルもってないや。【毒魔法】とればよかったな」

【幻想に住む者】は、スキル使用時、対象人数が多いほど効果をアップするという称号。元々対象人数が多いと効果が上がる【幻想魔法】と相性がいい。

しかしどうやらペテロの持つスキルは単体対象がほとんどのようだ。

「そこで毒。今から取得がんばれ」

「探すか」

二人で話していると、倒したときにとびちった光の粒が再び集まり、アナウンスが始まる。


『アリスを止めた』

『独りで凍えた少女』

『永遠を眠るアリス』

『再び眠りにつくには時が必要』

『『フラスコ』はここから動かせない』

『アリスは自由』

『また眠りにつくまで連れて行って』

鏡の池が砕け散り宙に水滴が浮く中、ふわふわとアリスが横たわっている。

ふわふわと揺れているアリスがそのままブレ、二体に分かれる。

「『永遠の少女アリス』は仲間になりたそうにこっちを見ている」

「そのネタの前に、スプーン咥えているヴェルナにプリンをあげなさい」

珍しくネタを言ったらペテロに軽くいなされた。

とりあえずヴェルナにプリンを納品。

「ん。アリス仲良く半分」

「『フラスコ』も無いし弱い」

「でもきっと育つ」

「封印は『フラスコ』が嵌って安定してる」

「連れて行けば役に立つ」

そう言い残してプリンを抱えたヴェルナが消える。

《『永遠の少女アリス1／2』を取得しました》

《新たな名前をつけてください》

「『アリス』じゃないのか」

「普通十二体想定でしょ、『アリス』だらけで混乱するよ」

「確かに。だが私、お子様そんなに好きじゃないんだが……。四六時中束縛されるのも勘弁願いたいし」

「ここまで来たら諦める。誘ったのはホムラでしょ、下見だったけど。それに調教すれば大丈夫」

「調教……」

「違った教育」

笑顔のペテロをじと目で見る。

「じゃあ『アリス＝リデル』で」

「私は『A.L.I.C.E』で」

「そこで自キャラの名前登場か」

「ふっ」

ペテロと初めてゲームで会った時、『A.L.I.C.E』という名で魔法少女をやっていた。語尾が「にゃん」で魔法と言いつつ二丁拳銃ぶっぱなしてたが。……懐かしい思い出である。

「にいさま」

ペテロにアリス改め『A.L.I.C.E』が抱きつく。

『にいさま』。さすがペテロのアリス、妹属性まで完備か！」

「冤罪だ！」

「とうさま」

私にアリス改め『アリス＝リデル』が抱きつく。

「ぶっ！　まて誰が父かッ！」

「はははははは！！！！」

珍しくペテロが本気で声をあげて笑っている。

【幻想に住む者】は『アリス』が持っていた称号がスライドしたらしい。弱体化したせいか『アリス＝リデル』からは消えている。ペテロの方も同様だ。

ステータスを確認すると、全体的に高めなステータスの中でも、私の『アリス＝リデル』は器用さがずば抜けて高かった。

そしてスキル欄がブランクだ。初期スキルがない代わりに、私が『アリス』のスキルポイントを消費してスキルを覚えさせると、同時に自動取得でもう一つ覚えるらしい。

「これ、最初に飲んだ薬の属性かな？　うちのなんかやたら高い【闇属性】持ちなんだけど」

「リデルは器用さがずば抜けてるからそうかもしれんな」

どうやら属性か基本ステータスの数値のどちらかが高くなり、それは最初に飲んだ薬で決定される模様。

「てか、ステータスすごいんですけど、十二分の一になるところが二分の一になった効果?」

「なのかね? スキルポイントもやたらあるぞ?」

「レベル上げでスキルポイント増えるって書いてあるのに、初期所持ポイントも破格すぎる」

二人で盛り上がっている間、『アリス=リデル』と『A.L.I.C.E』の二人のアリスは嬉しそうにそれぞれの持ち主を見て笑い、目があうと恥ずかしそうに目を逸らして踵の上げ下げをしてゆらゆらと体をゆらした。

現在、姿格好がお揃いのため、外見では二人の見分けがつかない。主に私を見ているほうが『リデル』、ペテロを視線で追っているほうが『A.L.I.C.E』だ。

『リデル』はアリス・プレザンス・リデル、アリスのモデルと言われている女性の家名だ。

「『A.L.I.C.E』って、何の略だっけ? Eが五番目というのしか覚えていない」

ふと気になってペテロに聞く。

「アンドロイド・レディ・アイス・キャンディ、だったかな? 冷たく甘い人造少女。アリスありきで付けたから」

「ツンツンしてたけど、にゃんにゃんいってたものな」

「やめてください、死んでしまいます。十代の話ですよ」

おそらく、羞恥はロールプレイでにゃんにゃん言ってたことにではなく、ツンツンしてたことに対してだろう。最近もにゃんにゃん言っとったし。アンドロイド設定だったので、冷ややかなのはそういうロールなのかと思っていたが、他人に興味がなかったらしい。

周囲に器用にそつなく対応するようになったのは、それからしばらくしてから。アルファベットの五番目、Eはそのネットゲームで五番目に作ったキャラ、だ。人間関係やら面倒があるとキャラごと捨てていたそうだ。

出会った時は微妙なお年頃だったし、厨二病でも患っている時期だったのだろうか？　まあ、なんにせよ丸くなって何よりです。おかげでネット上ではペテロと付き合いが一番長い。

「とりあえず、『とうさま』呼びをなんとか止めさせねば」

「いいじゃない別に、可愛くて」

「幼女に『にいさま』呼びを強要しているロリコン忍者の噂が立つぞ？」

「そこで私を引き合いに出さないで！　冤罪だから!!」

「ところでこの二人は【召喚獣】？」

「……【ペット】だね」

……。

ペテロと二人で顔を見合わせる。

「……とりあえずせめて呼び方は矯正しようか」

「そうだね……」

今度はペテロも力なく同意する。ちょっと運営に言いたいことができたかもしれない。

「それにしても銃欲しぃな」

どうやらペテロは『A.L.I.C.E』に銃を持たせたいようだ。

「この世界にあるのかね？」

「すでに生産職が作ろうとしたけど、できなかったらしいね。ただ『魔法の弾』は出来たらしいから、これから『魔法銃』とかは出来るのかも」

「というか、爆弾や銃の作り方ってリアル法律でネットに情報を流すのも規制されているだろう？システム的に出来ないようにされているんじゃないか？」

レシピがあって、素材適当で知識もなく、できましたーならともかく、一から寸分違わずには作れなくなっているのではないだろうか。ゲームで覚えてリアルに持っていかれても困る。

「ああ、失敗談掲示板で読む限りそんな気がする」

「この世界に似合わないし、私としては魔法銃でいいな」

「実弾もいいものですよ」

などと話しながら、バロンに【転移】で戻る。

「ペテロは『A.L.I.C.E』の居場所はどうするんだ？」

「確かペットが置けるのは、クランハウスや店舗、【箱庭】、『装身具』の中だっけ？　とりあえず適当な『装身具』を調達するつもりだけど。できれば懐中時計形のが欲しいね」

「うん、懐中時計形ならいいな」

「ペットを飼うとは思ってなかったから、少し調べてみるけど、二つ手に入れられたら連れてってもらったお礼にあげる」

「ありがとう。楽しみにしてる」

ペテロに頼まれて、薬や『帰還石』などを売り別れる。


さて、下見を済ませて島から戻ったら、ハウスと【箱庭】をいじる予定だったが、これはリデルの買い物が先だろうか。最低限ベッドとファブリック、着替えがいるだろう。いるよな?

『装身具』を買いに行ってもいいが、微妙だ。

『雑貨屋』は人が増えたし、島のハウスにリデルの居場所をつくるのが無難だろうか? だが、整備がまだだし、当面は『雑貨屋』にいてもらうしかない。クランハウスという手もあるが。

「そういえばリデル、君は買い物はできる?」

朝の早い時間だが、住人の店は開いている。

「できます、とうさま」

「……とうさまはやめてくれ」

「はい、とうさま」

「……(吐血)」

小首を傾げて笑顔で再びの「とうさま」呼び。可愛い、可愛いけれど私の中の何かが削れるからやめろ!

「冗談です、とうさ……、なんと呼べばいいですか?」

「ホムラ？」

「却下です」

「じゃあホムラさん？」

「却下です」

「店主《てんしゅ》？」

「却下です」

私とリデルの攻防の末、呼び方は『マスター』に落ち着いた。

ラピスとノエル、カルも最初は『店主《マスター》』呼びだったのだが、最近は『店』が省略されたのかなんなのか『主《あるじ》』と呼ばれることもある。

とりあえず、『A.L.I.C.E』と双子な感じも可愛かったので、服やら装備は二つセットで買って片方ペテロにやろう。

とりあえず、『雑貨屋』にリデルを顔合わせかたがた連れて帰ることにする。

私は宿屋に泊まるし、当面は私の部屋を使用してもらおう。……リデルを『雑貨屋』に泊まらせて、ラピスとノエルを神殿に帰すのは心情的にきつい。転移ついでにエカテリーナに二人の引き取りを打診しようか。

それにダンジョンで雑魚寝している仲とはいえ、女性がカミラ一人というのもどうかと思うし、いい機会だ。

とりあえず、リデルが店員に服を見せられている間、エカテリーナに時間が取れるかメールを入れる。この世界のメールは精霊の囁きの形だったり使い魔が届ける形だったり、使う階層によって様々だ。こちらに届くとメールという形で記録されるのだが。

「とうさま、これがいい」

「とうさま禁止」

「……マスター、これがいい」

「ではこれを二着と、このワンサイズ上を一着。あと揃いになるような似た男の子向けの服を」

後者は狼の獣人用だと告げて依頼する。

リデルが選んだのは青と黒と白、差し色に金色の入った一揃い。黒いスカートは膝より少し上の丈だが、たっぷりとした白いフリル？――中に着るヒダヒダはなんというんだ？――で、裾が大きく広がり実際より少し短く感じる。そしてニーハイ。胸元のタイが少しかっちりしたイメージを出しており、なかなか可愛い、ラピスとノエルの分も追加。

その他にもパジャマやらその他の着替えやら必要なものを揃える。選んで来るのはリデルであるが決定するのは私らしく、持ってくるのが一種類なのに必ず見せに来る。いいんじゃないか、と許可を出すと嬉しそうに胸に抱きしめて笑う。

――可愛いんですが、パンツはやめてください。色々まずいです。

リデルがあれがいいこれがいいと、迷って聞いてくるタイプでなくてよかった。どうにも服屋で取っ換え引っ換えは苦手だ。ホームセンターとかは見ていて楽しいし、無駄に色々買ってしまうのだが。

ラピスとノエルの分もそれなりに揃えたのであとで部屋に入れておこう。ペテロに渡す分はクランハウスの共有倉庫に突っ込めばいいか。

次にタオルやらバスタオルを買い足す。

「すまんが、これとは別に、タオルとバスタオルをそれぞれ五十枚ずつ、私の名前を出さずに孤児院に」

この店は神殿とも取引があるので、規格などは考慮してくれるはず。

買い物をしているうちにエカテリーナから返事が来て、今からなら時間がつくれるとのことなので、切り上げて神殿へ転移。まあ、足らん分はカミラにでも付き添ってもらおう。

「こんばんは、すまんな突然」

「いえ、かまいませんわ。お布施は期待しますけど」

ニコニコと相変わらずである。

ファストの神殿は質実剛健、拝殿の間や高位の神官服は多少装飾が施されているが控えめだ。ただ気持ちよいくらい隅々まで清掃が行き届いている。

いったいなんでこんなにがめついのかと不思議に思っていたのだが、孤児院に注ぎ込んでいることを後から知った。

——知ったが、素直に金で出すのは嫌なので、大体食料などの現物を寄付している。さっきタオルやらを頼んだのはその一環だ。

「あらあら、可愛らしい。こちらのお嬢さん……ではないのね？」

エカテリーナは【浄眼】とかいう鑑定系の眼を持っていたのだったか。

「ああ、まあな。とりあえず店舗に住んでもらうことにしたので、ついでと言ってはなんだがラピスとノエルも本格的に引き受けようかと思ってな」

「まあまあ、ようやくですか」

「できれば一般常識や教養を身につけるまで神殿に通わせたいんだが」

「もう同年代と比べれば教えることはありませんよ。あなたに会うために頑張っていましたからね、どちらかといえば子供にしては遊び足りないんじゃないかしら？」

確かに少し子供らしさが足らんか。

私は楽だが、ちょっと問題があるかもしれん。無理に子供らしく！　とは言わんが、好きなことを伸び伸びやってもらいたい。

「孤児院の庭には昼間は誰かしらいますから遊びに来るのは歓迎しますけど、きっとあの子達は他の事をするでしょうね」

そう言って小さく笑う。

「さて、あの子達はもう起きていますよ。今日の夜は孤児院でささやかながらお別れ会です、お引越しは明日以降。荷物はあとで取りに来る事にして、今日は一緒にお店に行ったらいかが？」

そういう事になった。

子供を引き取るという話の割に、あっさりしている上に展開が早い気がするが、おそらく私がラピスとノエルを引き取るためのクエストは終了済みなのだろう。私の方が先延ばしにしていただけだ。

下仕えの女官がラピスとノエルを呼びに行っている間に、お布施&料理を差し出しつつ、まあこれで一段落かと考える。何がどう段落したのか自分でも謎だが。

だがしかし、ラピスとノエルの将来のためには、異邦人たる私が居なくなっても店が回るようにしておくか、商業ギルドに新たな就職先の斡旋を頼んでおくしかないかな？　仕入れルートがない店だしな。――ゲームが終わった後、この世界も終了なのかもしれんが。

「主！　おはよう」

「おはようございます、主」

抱きつこうとして、隣にリデルがいることに気づいて踏みとどまる二人。

腕を開くと安心したようにパタパタと寄ってきて、いつものように抱きつく。

「ラピス、ノエルおはよう。こっちはリデルだ。リデル、ラピスとノエルだ。三人とも一緒に暮らすことになると思うから仲良く頼む」

「ん、主が言うならラピスは仲良くする」

「僕もです」

「はい、マスター」

私の腕に抱きつきつつ、上半身だけを伸ばして匂いを嗅ぐようにリデルを見るラピス。

リデルがこてん、と首をかしげると、急いで腕の陰に隠れてまたリデルを見る。リデルが首をかしげたタイミングでラピスの尻尾がぼわぼわしている。動物か！　動物なんだな？　尻尾もふったらダメかこれ。

「主、三人とも一緒ということはこの子も孤児院に？　人の子とも違うようですが」

ノエルが聞いてくる。おや、さすが獣人、気配でわかるのか？

「ああ、さっきラピスとノエルを引き取ったんだ。明日以降になるが、『雑貨屋』に引っ越しておいで」

「本当？」

「いいんですか？」

「ああ」

ああ、だいぶ髪の手触りが良くなったな～、などと思いながら撫でていると、ラピスとノエルが涙目に。私のローブに顔をこすりつけてくる二人を、小首を傾げてリデルが見ていた。

――ホムンクルスだったからなのかなんなのか、名付けの時こそ抱きついてきたが、リデルに抱きついたり手をつないだりの習慣はないらしい。まあ、自分で作った幼女を抱っこしてる図とか変態と紙一重なので、白の錬金術士とやらをとやかく言う気はない。

リデルは○○を頼む、とか○○をしろとか、何か用や仕事を頼まれるのがどうやら嬉しいらしい。獣人二人もやることを設定された方がモチベーション上がるらしいし、レーノはあんなだし、あまり人に縛られたくない私としてはイマイチ納得できない感覚だ。

アリス＝リデル　Ｌｖ．１
マスター　ホムラ

種族　ホムンクルス『アリス1／2』
職業　？
HP 110　MP 156
STR 27　VIT 27　INT 41　MND 41　DEX 98　AGI 27　LUK 10
スキル（90sp）
種族固有　【アリスの半身】【器用さ（DEX）特化】

リデルのステータスはこんな感じ。自分のレベル1の時を思い起こせば破格だ。職業は私の転職可能リストに出ているものならば選べるようだ。錬金術士かな、ホムンクルスだし。

【アリスの半身】は同じ『アリス』か『永遠の少女』の分身との一時的な融合が出来るらしい。『一《いち》なる数が集まった場合』、となっているのだが『リデル』と『A.L.I.C.E』がいれば毎回融合可能ということだろうか……。

【器用さ特化】は字面そのまんまだ。私が飲んだ薬の効果だろう。ペテロの『A.L.I.C.E』には【闇属性】か【闇特化】とかそんなのが付いているのだろう。

リデルは私の付属物扱いなのか、私の持つ【譲渡不可】の装備も装備させられる。職を変えたら、とりあえず『妖精の手袋』を装備設定しよう。

「ではエカテリーナ、また後で。感謝する」

「いえいえ、またお布施をお待ちしてますわ」

待つのはお布施なのか。

「リデルおいで」

リデルを呼び寄せ、抱きついていたラピスノエルの三人と『雑貨屋』に戻る。酒屋の三階を部屋にしたのに、すでに部屋数が足りなくなった罠よ。おかしい。

リデルに私の部屋を使ってもらおうとしたら遠慮された。ラピスとノエルが一緒の部屋でいいというのでしばらくはそれでいくことにした。リデルの錬金が上がれば、大量の在庫を倉庫に突っ込んでおく必要もなくなるので、三階の倉庫をまた少々削ってリデルの部屋にしようかと思う。ハウスが整えば移ってもいいのだが、一人で留守番させるのも心が痛い。かといって全員でハウスに引っ越すのもミスティフが嫌がりそうだし。

「おはようございます、主。ラピスもノエルもおはよう」

「おはようございます」

酒屋側の居間にいた、年齢不詳年長組から挨拶を受ける。

規則正しい二人組である、ちょっと見習いたい気がしなくもないが、仕事がない日に早起きは無理です。布団が至福。

「ああ、おはよう」

カルはややラフながらも、すぐに外出できるような服に着替えている。レーノ君は同じ服しか見ないのだが、もしかして装備のまま寝ているのだろうか。外殻が変形した服とかだったらどうしよう？　あとで聞いてみよう。

「おはよう」

「初めまして、おはようございます」

私に続いて、ラピス、ノエル、リデルの順で挨拶する。

「初めまして」

「初めまして、お名前は？」

レーノが傍のリデルに聞く。

「マスターのモノになりました。リデルです」

「ぶっ！」

なんてことを言い出すんだこの娘は！！！！

「おや、他に僕が出来ましたか」

「仕える方がいるのは幸せですね」

カルが笑顔のまま言えば、レーノも頷く。

「え!?　そういう反応!?」

ラピスが頭をすり寄せてくるので何かと思ったら、気がついたらノエルの頭をもふもふしてた。白かったので白と間違えて心を落ち着かせようと無意識にもふっていたらしい。乱れたノエルの髪を手ぐしで整えつつ、ラピスの頭も撫でる。

騒いでいると、ガラハドがパジャマ代わりのシャツのまま腹を掻きながら出てきたのを筆頭に、居間に全員集まった。

「朝っぱらからすまんが、今日から一緒に住むことになったリデルだ。ラピスとノエルも神殿の手続きを終えたら明日にでも引っ越してくる」

「おお！　ラピス、ノエル、改めてよろしく！　リデルもよろしく！　俺はガラハドだ」

「二人ともおめでとう。リデル、私はイーグル、こっちはカミラ。よろしく」

「よろしくね、二人もおめでとう」

笑顔で受け入れる三人、順応性高いな。

あとラピスとノエルにおめでとうと声をかけるということは、やっぱり二人は神殿に帰るのは寂しかったのか。ここに私は滅多にいないし、神殿のほうが知り合いも友達も、多いと思っていたのだが。

「マスターのモノになりました。リデルです、よろしくお願いします」

リデルの言葉に笑顔のまま三人が固まった。

ギ・ギ・ギ・ギ、っと音がするようにリデルから私に顔を向ける三人。

「ホ・ム・ラ？」

ああ、うん。

真っ当な反応だと思うよ。

三人の感覚、好きだな。

問い詰められるのが私じゃなければだが！！！！！

「落ち着け。見た目幼女だが幼女じゃない」

リデルのレベルは1なので【鑑定】で余裕でステータスを確認できるはず。……まず覚えさせるスキルは【隠蔽】か。

仮面をかぶっていれば、リデルのマスター表記も『レンガード』になるっぽいが。

「ホムンクルスゥ？」

「錬金で造ったの？」

「ホムンクルスの製作技術は失われたんじゃなかったか？」

ガラハドたち三人が口々に言うのを理解しているのかいないのか、微笑んで聞いているリデル。

微笑がデフォルトなのか？

「失われた製造方法を復活させようって、昔流行りましたよね？」

「レーノ君の昔って何時だ？」

「僕がパルティン様と出会う前ですから、三百年くらい前ですかね？」

「それ普通の人間は生まれ変わってるから」

思わずツッコミを入れたが、長生きのエルフやドラゴニュートも錬金をするなら、ホムンクルスの製造法は伝わっていそうなものだが。

「ホムンクルスは昔、黒の錬金術士が造った機械人形《オートマタ》と並んで、白の錬金術士が連れていたことで有名ですね。その後も暫く継承されていましたが、二人が消えた後、どんどん劣化していって、やがて技術そのものが失われたと聞きます」

カルが補足してくれる。

「もしやドゥルの封じる獣『狂った人形ハーメル』はその黒の錬金術士が造ったオチか」

「オチって言うな、オチって。あとジジイの昔もレーノほどじゃねぇが、大概昔だから、ジジイの『昔聞いた』は一般的知識だと思うなよ？」

カルの説明に思いついたことを言えば、ガラハドからツッコミがはいった。そろそろカルの年齢を聞いてもいいだろうか。

「『狂った人形ハーメル』、……封印の獣、『アリス１／２』……？」

イーグルがリデルを見ながら、眉間にしわを寄せてつぶやく。

「……アリスは何か聞いたような気がするけど、あのアリスじゃない……わよね？」

カミラが困惑した、あるいは、不審そうな顔をして問いかけてくる。

「ヴェルナの封じていた獣『永遠の少女アリス』の片割れだな」

ラピスとノエルをもふ……撫でながら言う。

『雑貨屋』への引越しが嬉しいのか、本日は二人のスキンシップが過剰な気がする。まあ、スキンシップといっても、近くにいて目があうと寄ってきて額を押し付けてくるくらいだが。

「ぶ！　やっぱりかあああああああああっ！！！」

「ちょっとホムラ、『封印の獣』何体持てば気が済むの！」

「もう少し自重しようか？」

ガラハドたち三人が思い思いにツッコミを入れてくる。

ガラハドの叫びに驚いたのか、ラピスとノエルの尻尾がですね、ぼわわんと。リデルは通常営業、もしや私関係以外は感情の起伏があまりないのかこれ？

「うるさい」

「あだだだだだだだだだだっ!!」

カルがガラハドにアイアンクロー。

再び上がる違う種類の悲鳴。どうしよう、お隣さんにそろそろ謝りに行ったほうがいいだろうか。

「寡聞にして、封じられた獣は『バハムート』『ハスファーン』『クズノハ』『ハーメル』『鵺』しか最近まで知りませんでしたが、それが冒険者ギルドが秘匿していた『アリス』ですか？　早いですね、島に行ったのは下見かと思いました」

レーノ君が聞いたことがないって凄いと思うべきか、山にこもっていたから仕方ないな、と思うべきかどっちだ。

「『鵺』は初耳ですね。そのような魔物がいることは古い文献で見たことがありますが、封印の獣だったとは……」

カルが言う。

古い文献か、神々に出会えなくとも一応、世界を探せば封印の獣には出会えそうだな。

「アシャの封じる獣、『雷獣鵺』、ヴァルの封じる獣『白き獣ハスファーン』、ドゥルの封じる獣『狂った人形ハーメル』、ルシャの封じる獣『傾国九尾クズノハ』、ファルの封じる獣『毒の鳥シレーネ』、タシャの封じる獣『終わりの蛇クルルカン』、ヴェルスの封じる獣『かつての竜王バハムート』、ヴェルナの封じる獣『永遠の少女アリス』」

イーグルがスラスラと獣の名前を挙げる。

「よく覚えているな」

「これはまだ平常心の時に聞いたからね。後から考えるとヴェルスの話にハスファーンの話も出てきていたのに、スルーしてしまっていたり反省しきりだよ」

どちらかというと、固有名詞八つを一回聞いただけで覚えていられるほうが凄いと思うのだが。

私は五分たったら忘れる自信があるぞ。

「まちたまえ、イーグル。封印の獣は長きにわたる封印のせいで、どの神が何を封じたのか半数程度しかわかっていなかったはず、どこで得た情報だ？」

ガラハドたち三人が揃って私を指す。カルとレーノの視線も私に向けられる。

「神々から直聞きです」

「神器を二枚もお持ちでしたしね」

私の顔を見ると、すぐに納得したのかカルが言う。二枚と言うとパンツのことですね？

「【鑑定】出来ないのでなんなんですが、その白いローブももしかして神器ですか？」

レーノが神器について聞いてくる。

「ああ、見るか？」

装備を一時的に閲覧可にする。

「これはまた……」

「相変わらずスゲー性能だよな」

「魔法特化だわね」

「『ファル白流の下着』にも【全天候耐性】ついてるのか、どうりで溶岩地帯で涼しい顔をしていたはずだ」

初めて見るカルが言葉を途切れさせ、代わりにガラハドたちが感想を言う。

「あの男性用下着に続き、凄いですね」

レーノ君、わざとではないのだろうがパンツにこだわるな。ガラハドとイーグルが目を逸らしてるぞ。

「ま、まあ装備もぶっ飛んでるけど、ホムラはステータスもひどいから」

「非公開黙秘します。そして私は寝ます」

【快楽の王】ががががががが。

「ええっ⁉」

「何故」

「またやばいものついたのか⁉」

「主のステータスを無闇に知りたがるのは感心しない」

カルの一言で黙る三人。ありがとうカル。

「後で私にだけ見せてください」

「却下」

笑顔で言うカルの頼みを言下に拒絶する。

「何が増えたか大変気になるのだが」

「装備の公開にはゆるいのに何故かしら？」

「あれか、またH系か！」

おい、ガラハド、言い当てないで！！！

「また、ですか？」

レーノ君も変なところに引っかからない！！！

「マスター、何かHなことをするの？」

「しません！！！」

リデルが小首を傾げて不思議そうに聞いてくる。

無垢な瞳で何てことを言い出すんだこの外見幼女は！

「しないっていうのも男としてどうよ？」

ガラハドがニヤニヤと揶揄うように笑って肩に腕を回してくる。

「このパターンは迷宮で酔った時のパターンかな？　ガラハド？」

にっこり笑って聞き返す。

途端にババッと絡めた腕を離し、ホールドアップ体勢。

はっはっはっ、思い出したようだなあの惨状を。イーグルも思い出したのか目を逸らしている。

もろ刃の剣というか、肉を斬らせて骨を断つみたいな何かなんだから、あんまり使わせないでくれ

（吐血）。

「とにかく、私はそろそろ真面目に時間切れだ。すまんが三人を頼む」

「主、眠ってしまうんですか？」

ノエルとラピスがきゅっと袖を握ってくる。

「また起きない？」

「四、五日起きないかな」

もう現実時間では四時近いんじゃあるまいか。いくら休みだと言っても、さすがに寝たい。そして、そろそろ休憩を取るようにというアラートが鳴り始まってもおかしくない。

「必ず起きる？」

ラピスが必死に見上げて聞いてくる。

「ああ、起きるぞ？」

もふりながら答える。

「この間、何をしても起きなかったのがトラウマかしら？」

「人間の睡眠時間は一日の半分以下くらいですか？　知り合いに一年寝て一年起きるというドラゴニュートもいますんで、そう気にすることもないと思いますが」

多彩だなドラゴニュート。

「主、添い寝しますか？」

ノエルが見上げてくる。

「あら、なんなら私も添い寝するわよ。ふふ」

ラピスの頭越しにガラハドに代わって腕を絡めてくるカミラ。

「いやいやいや？　一人で寝られるから」

もふもふと一緒の誘惑と美女の誘惑だが、前者も後者も迂闊に乗れない何か。

ノエルを抱き枕にしたらショタの噂が立ちそうだし、胸枕は気持ち良さそうではあるが、カミラはからかっているだけだろうし。睡眠は気兼ねせずにとりたい。

「ラピスも？」

「一人で寝られるから大丈夫。あとこの世界《よのなか》朝だろう！　みんな私に構わず、健康的な活動しとけ。朝食を食べ終えたら、ラピスとノエル、リデルは、ここで暮らす上で足りない物の買い足しと引っ越しの計画を。すまんが誰か荷物持ちやら付き合ってやってくれ」

「はい、主」

カルが請け合ってくれた。

あとは、リデルにとりあえず【隠蔽】と【調合】【錬金調合】を覚えさせる。【隠蔽】を覚えさせると【幻想魔法】が同時にスキル取得された。【調合】で【投擲】、【錬金調合】では【闇魔法】。どうやら1／2になる前に覚えていたスキルを、覚えさせるごとに思い出していくようだ。覚えるのに使用したSPは今のところ一律5。初期SPは90、覚えさせ放題じゃあるまいか。

ゲーム開始時のプレイヤーのSPは確か15。

……。

……あれ、もしかして十二人の……。

いや、まあ深く気にしないことにしよう。そういうことにして、雑貨屋の錬金設備、調薬設備をリデルに解放する。

「もし手が空いたら、リデルを薬師ギルドに連れて行って体験コース？　研修？　どっちだかを受けさせてやってくれ。コースは好きな物でいい」

「マスター、手伝えるよう頑張る。地図を書いてもらえたら一人でもいけます」

微笑が笑顔になり、張り切るリデル。

「主、僕も受けてはダメですか？　シルは貯めてあります」

「構わんぞ？　あと支払いは持つから気にするな。好奇心起こして変な薬飲むなよ？」

「ありがとうございます」

嬉しそうに笑うノエル。ノエルにも調薬設備、ついでに錬金設備を解放しておく。

「ラピスも何か習うか？」

「ラピスは冒険者になる！」

おっと、冒険者ギルドの受付嬢に無謀な冒険について散々脅してもらったが、まだ冒険者熱は冷めなかったか。

「将来なりたいというなら止めんが、今はまだ育ってるところだし。やるなら何か身を守れる技能を覚えるところから始めたらどうだ？」

「あ、僕が身を守る基礎くらいはお教えしますよ」

レーノ君が立候補してくれた。

「オレも暇な時は相手するよ」

ガラハドやイーグルたちも。

「豪華な講師陣だな、ありがとう」

えらいこと英才教育になりそうだ。

「ではすまんが私は寝る」

どうしても住人たちとは生活時間がずれる。

「『主、おやすみなさい』」

ラピスとノエル。

「マスター、おやすみなさい」

リデル。

「おうよ、おやすみ～」

ガラハド。

「おやすみなさい」

イーグル。

「良い夢を」

カミラ。

「添い寝はしますか？」

カル。

「いらんわ！」

オチをつけるなオチを！

五　【箱庭】

《お知らせします》

《種族【天人】の常時スキル【浮遊】を、羽を閉じている場合は無効になるよう調整いたします》

ログイン《おき》したら調整が入っていた。

それはありがたいのだが、ミノムシのように上掛けに包まって浮いて寝ていたはずなのに、現在身動き取れないのは何故か。

とりあえず、カミラが隣にいる。腕と脇の間にラピスとノエルがたぶんいる。

どうやら私の上掛けの上にいて、さらに布団をかぶって寝ている状態。カミラの反対側に目をやれば、ベッドに寄りかかってリデルが座っている。そして床にはガラハド、イーグルが。私は上掛けごとベッドに縫い止められて動けない状態だ。

現実世界で起きてそのままゲームとはいかず、たまった家事と買い出し、諸々を済ませログインできたのは昼過ぎ。こちらでは夜中だ。

本日のスーパーの鮮魚売り場には、マグロのハラミの柵《さく》があった。刺身の状態より断然お買い得なのだが、あいにく刺し身包丁は持っておらず、持っていたとしても包丁の扱いも上手くない。下手な包丁を入れると繊維をつぶして水っぽく、不味くなるので諦めた。こっちの世界でならいけるかな？　その前に米と本わさびを手に入れたい。

などと現実逃避していても状況は変わらない。なんでこんなに私の部屋に人がいるんだオイ。起きられないこともないが、確実に何人かは起こす。


布団の中で着替えて、華麗に『転移』で神殿。

問題を先送りした気がするが、なぜああなったか起きたら問いただそう。

さて、クランハウスで生産するかな？　いや、自分のハウスを少しいじろう。家そのものもいじりたいが、【箱庭】を見てみよう。まだまともに見ていないが、見たら絶対手をつけて時間を取られる気がする。薬草も植えたいが、野菜や果樹も植えたい。

だが私、油断をするとついあれもこれもと取り入れて崩壊するタイプなんだよな。とりあえず広さを見て果樹と畑の配置のざっくりした図でも書くかな？

「主？」

神殿の転移門の前で逡巡していると、すぐ近くに転移して来た二人のうち、一人に声をかけられた。こう呼ぶのは『雑貨屋』のメンツしかいない。

「カル、レーノ？　どうしたんだこんな夜中に」

現実世界では平日の真っ昼間なので異邦人の姿は少なく、いつもは人が行き来する転移門にも人の姿はまばら。

「私たちは迷宮の帰りです。レアボスが出まして予定よりも少々遅くなりました」

二人で攻略しているのか。さすが最強騎士&ドラゴニュート。

「貴方こそこんな時間に？　というか添い寝と付き添いの方々はどうしたんですか？」

「添い寝と付き添い……」

「とりあえず移動しませんか？　どうやら耳目を集めているようです」

レーノに問いただす前に、カルに移動を促された。

周囲を見れば、少ないとはいえ数人がこちらを見ていた気配。夜の神殿なため声を抑えて話していたので、話す内容までは聞こえないとは思うが確かにちょっと気になる。何より転移門前に止まるのは邪魔だ。

「どちらへ行かれるんですか？」

「私は島へ行くのだが」

「お供します」

夜中なのにいいのか？　とも思ったがいつまでもここにいてもしょうがないので、パーティーを組み、島の転移プレートをカルに解放して転移。

転移先はミスティフたちのいる内円の中。新築というか、建築中の家に頻繁に入るのを遠慮したレーノのために外に設置してある。パルティンの着地場所の整備とか、ミスティフの様子を見になど、レーノが頻繁に来るので、飛ぶよりは断然便利な転移プレートを解放してあるのだ。

「おお、星が綺麗ですね」

「本当だ」

言われて見上げれば『星降る丘』に負けない満天の星空。星々の光が大きく、そして目を凝らせば光の色の違いまで見て取れそ……。

「オイ。なんだこの島を取り囲む雲」

頭上は、二つの月の光に照らされてなお、輝く星の雲ひとつない澄んだ空。だがしかし、ちょっと視線を落とすと遠目に島を取り囲む雲。距離からいって島を中心に海上に渦を巻いている。この島は台風の目にでもすっぽり入っているのか？

「ああ、パルティン様が【風の精霊】に頼んだ天然の結界ですね。海竜スーン殿も面白がって【水の精霊】に頼んでらして、なかなか強固なものになっているようですよ」

レーノが何でもないようなことのように告げてくる。

頭上が無事で星々が綺麗なのは、ミスティフたちのために月光を求めた結果のようだ。風が塵埃を吹き飛ばし、周囲の雲が塵芥を巻き込み島の上だけ澄んだ空を造り上げている。

雲がないのでわからんが、上空は風が吹き荒れているらしい。落ちてきそうなほどの夜空は素晴らしい、素晴らしいんですけどね？

「城塞島ですか？」

カルが言う。

うん、そのうち島ごと飛んで色々隔絶しそうな気がしてきた。

「殺風景ですまんな。まだいじっておらんのだ」

何もない居間にいつもの猫足テーブルを出して、茶菓を配る。

キャラメルで苦めにしっかりと煮詰めたりんご、タルト生地のシンプルなタルトタタン——は、私に。

カルとレーノには、香ばしく焼いたタルト生地とキャラメルで焼いたりんごの間にカスタードを使った、一緒に焼かずに後から重ねるタイプのタルトタタン。真っ赤なりんごの皮のジャムを仕上げに塗っているので、色も綺麗だ。

私の？　私のはいいんです、茶色で。キャラメルとりんごが絡んで、茶色に焦げて固まったところがまた美味しいのだ。

「アイスもいるか？」

「ぜひ」

「僕も」

即答した二人の皿に、バニラアイスを載せる。

「りんごがここまで美味しい菓子になるとは……。カスタードが濃厚で、香るのはラムですか？」

「僕は、ほぼ素材に手を加えない食生活に戻れそうにありません」

うっとりして、あっという間に食べ尽くす二人。

二人のタルトタタンは冷製で、カルのいう通り香り付けにラムが入れてある。私の方は熱々のタルトタタンで、香りはシナモンだ。

「ああ、ホムラのものは温かいんですか？」

「ああ、カスタードが入っていないから代わりに甘さは控えめだが」

私のタルトタタンにくっついたアイスはじわりと溶けている。

「……」

「……」

二人の視線が、食べ終えていない私の手元に。

「まあ、入るならこれも食うか？　甘さがだいぶ控えめだが」

「いただきます」

「ぜひ」

本当によく入るな、二人とも。

「貴方なら内装も一緒に替えているかと思っていましたが、本当に手付かずなんですね」

「そうか、レーノも前回は結局、パルティンとミスティフにくっついて外にいたんだったか」

「ここが主の家ですか」

カルさんや、見回しても唯の箱です。

『建築玉』で設置した後何もしてません！　希望としては一室、羽根布団を敷き詰めて大きくなった白の腹を枕に寝たい。その前に『オカウミウシ・緑』の駆除やらなにやらせねばならんのだが。

さっさと【魔物替え】のレベルを上げねば。

「そういえば、起きたら身動きとれんかったのだが、みんな何故私の部屋に集まってたんだあれ？　何がどうしてああなった？」

ログイン最初の疑問を投げかける。

二つめのタルトタタンはゆっくり食べている二人。こう、甘さ控えめや、おかずの類は落ち着いて食べられる模様。

カルは甘味を食ってる時も優雅なのだが、なぜレーノと食べる速さが同じなのか不思議だ。レーノも決して下品な食べ方ではないが。

「すみません。僕がギルドでの浮き上がらないよう添い寝という話をしたからです」

「そういえば、寝る前にそんなことを言っておったな」

「主が起きるまで、せめて夜は重石の代わりを交代でしようということになりまして」

「重石……」

なぜそうなる。

「足りていたようなので僕は不参加ですが。みんなは重石役以外も気になって、結局集まってしまったようですね」

「なんでそうなったかイマイチわからんが。とりあえず羽を閉じている間は浮かない様になったから、各自風邪ひかんよう自分のベッドで寝てくれと伝えてくれ」

「そうなのですか？」

「そうなのですよ」

カルが聞いてくるのに答える。本日ログインしたら浮かなくなっていた。

「主の傍《そう》はやたら快適なんですが」

【環境を変える者】の効果だろうか？　過酷な環境は緩和されるし、普通の環境では快適環境になっている様な気はする。かといって普通に暑い時は暑さも味わえる、寒い時の布団の中は至福だと思う。なかなか便利で、私なら一家に一人欲しいレベルだ。いや、スキルがあれば別に当人はいらんが。

いや待て、快適だからってまさかカルも重石に参加してないだろうなおい？

「夜中だし『転移』で送って行くか？　迷宮から戻ったばかりでこれから眠るんだろう？」

湧いた疑惑に蓋をして聞く、島ではなく酒屋の三階に移動して話せばよかった。

カルとレーノは『光の妖精の鱗粉』はすでに手に入れ、他の素材ともども、ラピスとノエルの引越し手伝いかたがた、エカテリーナに返してきたそうだ。あと残るは『幻想の種』のみまできたとか。二人でフェル・ファーシっておい、どこまで強いんだ。

レーノは『アリス』の島でメタルジャケットボアを軽々と狩っているのを見ているのだが、カルの強さは未知だ。

「主はどうされるんですか？」

「私はここでちょっと庭の広さを確認してから、生産施設で【大工】のスキル上げかな」

【大工】のスキルをあげながら少しずつ自分で手を入れていくのもいいかと思っている。人の助けを借りて整えた部屋は、『雑貨屋』、クランハウスと二つあるしな。

「では庭を一緒に拝見させてもらってから戻ります」

「話には聞きますが実物を見たことがないので、僕も見せていただいていいですか？」

そういうことになった。

【箱庭】に出るための扉は、転移プレートのあるミスティフの庭に出る扉の片割れなので、方向的にもついでだ。観音開きの左の扉を開ければ外に、右の扉を開ければ【箱庭】に出る。デフォルトの広さ、十平方メートルより広いことを期待して扉を開ける。


隣に牛を従え、小脇に鶏を抱えたドゥルがいた。

そっと扉を閉める。


「主……？」

「何か人影が見えたようですが？」

「レーノにも見えたということは幻覚ではないということか」

何でだ。

「普通、【箱庭】は許可なく入れないものだと認識していましたが、何方《どなた》かに許可を出されていたのですか？」

カルが畳み掛けてくる。もうちょっと現実逃避をさせてくれないだろうか。

「しょうがない、覚悟を決めよう」

「そんなに厄介な相手なのですか？」

「いや……」

カルが剣に手をかけようとするのを止め、扉を開く。


「ぷりん」

ヴェルナもいた。


「ッツ！」

「ウガッ……」

「どうした⁉」

膝から崩れ落ちそうな気分になっていたら、私ではなく隣の二人が崩れ落ちた。

狭い場所では大抵一歩下がってついてくることが多いのだが、怪しい人影に警戒してか、扉を潜ると剣を振るえる距離を空け、すぐ隣についた。と、思ったらこれだ。

【箱庭】に入ったところで二人とも膝をつき、地面に顔を向け目を見開いてる。立ち上がることもできず、頭を上げるために絶大な努力を払っているようだが、叶わず、いつもより白く見える横顔には瞬く間にふつふつと汗が浮かぶ。

レーノは槍に縋り、カルは膝を押さえ、これ以上頭が下がることに抗っているようだ。

「おお、すまん。すまん。連れがおったか」

「ん、人には辛い。ちょっと神気抑える」

え、まじか！　カルたちが立てないレベルの気だったのか⁉　私だいぶ慣らされてる⁉

いや待て、乳牛に鶏に足元のサトウキビっぽい苗木、ってもしかしてプリンの材料か‼

私は何に突っ込んだらいいんだこれ！

立ち上がるがまだ足元が定まらないカルと、膝をついたままなレーノ。

「主……、この方たちは一体？」

血の気が引いて白い顔をしているカルが、薄い灰色の目を神々に向けている。ここまで灰色は初めて見たかもしれない。

「気だけで立てなく、なる、なんて……」

「いや、まあ、立てなくても仕方がない、のか？　土の神ドゥルと闇の神ヴェルナだ」

普通に立っている私が言うのも微妙だ。私だけ無圧だった。

「ホムラ、新築祝い」

「戻ってくるものを期待してだがな」

「ぷりん」

「ありがとう？　いいのか？」

贈り物のチョイスは完全にヴェルナな気配。まあ、プリンの材料だからなんだろうが、こんなに色々自由に贈っていいのか神々。

「おう、他の神々もそのうち来るだろうよ」

来るの⁉

「まあ、まだ落ち着かねぇだろうから大勢で押しかけるのは遠慮したが、ここが整備されたころにはまた宴会だな」

笑いながら言うドゥル。

「近いうちにまた。楽しみにしてる」


そう言って二人は消えていった。

本当に贈り物をしに来ただけらしい。

《称号【神庭の管理者】を手に入れました》
《称号【月光の癒し】を手に入れました》
《『天上の乳牛』を取得しました》
《『天の鶏《とり》』を取得しました》

《『神の糖枝《とう》』を取得しました》
《『神の庭の草』を取得しました》

草。


なんか薬師ギルドで得意生産で『草』が出た時も同じツッコミしたな、そういえば。

『天上の乳牛』は思った通りの乳牛、放牧しておけば適当に草を食《は》んで、四季を通して乳がとれるという。この牛はメスしかいないらしい。他の種類の牛が旦那さんになるようで、メスが生まれたら乳牛、オスが生まれたら旦那さんの種類の牛になるようだ。

『天の鶏』も放し飼いでOK、極上の卵を産んでくれるらしい。

気づけば柔らかい草が一面に生えている。デフォルトでこうなのではなく、贈られた『神の庭の草』がすでに庭を覆っているようだ。『神の庭の草』という微妙な名前もあれだが、説明が「神の庭の雑草」ってどうなのか。

そして牛乳《うし》、卵《とり》、プリンから類推してサトウキビだと思った、『神の糖枝』。説明に『神の糖蜜』がとれるとか書いてあるが、果たして私に加工ができるものなのだろうか、不安になる。

あからさまに料理――プリンを作れという催促的な贈り物のラインナップ。まあ、おいしく食べて喜んでもらえれば私も嬉しいのだが。

ところで、これで称号までもらってしまっていいのか？　いいならいいが、いいのか？

「大丈夫か？」

称号を確認しようとして、カルの具合が悪そうなことに気づき慌てて支える。あれ、ガラハドたちはヴェルスが出ている時は言葉を発せず固まっていたが、消えた後は通常運転だったと思ったが。

「面目無い」

「神の気に抗おうとした反動です」

レーノも若干フラフラしている。

神々の気に無頓着ですみません。

【庭】の確認は後回し。のんびり牛が草を食み、鶏三羽が地面をつつき始めるのを見て、とりあえず『神の糖枝』を牛にもぐもぐされないよう回収して、具合の悪そうなカルとレーノを連れて【転移】。

「主、予定を変えさせてしまって申し訳ない」

「いいから寝てろ」

カルとレーノを酒屋の三階、リビングのソファーに横たえる。

寝室に運ぼうとしたらこちらでいいと言われた、まあ、男二人を支えながら下りるには少々階段が狭かった。ソファーはここに住む人数が多いため、三人がけが二つあるので丁度いい。それにしても『回復』も『状態回復』も効かんのだが……。

どちらかというと【鼓舞】とかそっち系がいるのかもしれないな、と思いながら隠蔽陣を布団代わりに掛ける。『アシャ白炎の仮面』の鼓舞と高揚だけでは足らんかったか。

「何か飲むか？」

「水をお願いします」

「紅茶をお願いできますか？」

レーノに水を、カルに紅茶を差し出す。

ストレージから出した紅茶からいい香りが漂う。便利だが、ティーポットで淹れたいところ。まあ、洗い物や片付けが無いと思えばこそだが。お茶の葉の始末は存外面倒なのである。半身を起こして口をつける二人を見つつ、もらった称号の確認をする。

【神庭の管理者】は、年中春にしたり冬にしたり、【箱庭】や【ダンジョン】など、自分のテリトリーの季節・気候・環境を好きに整えたり、精霊を喚び住まわせるなどが可能。【風水】と合わせて使いたいところ。

【月光の癒し】は、「切ないような優しい気持ちになれる」とか書いてあるが、ＨＰ・ＭＰ・気力の継続回復。私に近いほど影響があり、効果は白いほうの月が満月に近いほど高いそうな。そのうち『ぷりんの癒し』とか生えそうで怖い。

静かにしていたつもりだったがガラハド達と、リデルが起きてきた。三人は足音を忍ばせてそっとリビングに入って来て、リデルはパタパタと軽い足音を立て私の座る椅子の隣にやってきた。

「どうしたんだ？」

ガラハドは声を抑えているが、具合の悪そうな二人に驚いている様子。

「起こしたか、すまんな」

とりあえず三人の分の紅茶を差し出す。

コーヒーは眠れなくなるというしな。

「ご心配掛けてすみません。神気に中てられただけですので、すぐ戻ります」

水を飲んで一息ついたレーノの声は平常にもどっている。

「神気？」

聞きとがめたイーグルがレーノに聞き返す。

「僕に【ドゥルの加護】と【ヴェルナの祝福】がつきました」

「私も同じく」

紅茶のカップを置いてカルも答える。

こちらも温かい紅茶を飲んで少し回復したらしい、瞳の色に水色がさしてきた。

「ドゥルは【祝福】じゃないのか？」

同じ条件での出会いだと思うのだが、何故だ。

「彼の神は、武器《けん》を持つ者に滅多に【祝福】は与えません」

「過去の記録から考えると【加護】でも運がいいほうだと思いますよ」

カルとレーノが教えてくれる。

「そうなのか？」

「そうなんだよ、普通は」

何かガラハドの「普通は」が強調されていた気がする。

「ヴェルナはホムラから聞いた闇の女神よね？」

カミラに頷く私。

「迷宮で出会ったのですか？」

「いや、主の家の庭で」

「庭」

イーグルの問に答えたカルの言葉に、見事なハモりを披露するガラハドとイーグル。

「新築祝いを貰った」

「新築祝い」

紅茶を飲みながら補足すると、ここでも見事なハモり。

タイプは違うが、きっと付き合い長いんだろうなあ、この二人。隣でカミラもあきれた顔をしている。

「どこまで逸脱してゆくつもりだこの野郎」

とかガラハドが言っているが、アーアー！　聞コエナイ！

私のせいではないはずだ。

「ところで主、称号【身を捧げる者】というのが出ているのですが……」

「僕には【まきぞえになった者】がでてます。『闇の神ヴェルナ、もしくは水の神ファルに聖者と共に会うことによって与えられる。通常称号【聖者の従者】など、対象となる聖者等の持つ周囲に効果を及ぼす称号の恩恵10％増』、だそうです」

「効果はレーノ殿と一緒ですね」

あれ？　このパターンは……。

「俺らの持ってる【好んで縁を結ぶ者】と一緒かよ」

「私たちの称号は、光の神ヴェルスか火の神アシャと勇者、またはそれに類する称号を持つ者と一緒に会う事でしたが。私たちの時にも【まきこまれた者】を経由してます」

イーグルが二人に、特にカルに説明というか報告をしている。

「なんでジジイのだけ真面目っぽいんだよ」

「覚悟の差でしょう。しかし既に似たようなことを済ませているならば話は早い」

すごく嫌な予感がする。

このパターンはスキルを選ぶためにステータス閲覧要請がですね……ッ！

「とりあえず、本調子になってからにしろ」

起き上がろうとするカルを押しとどめ、問題を先送りする。

軽く胸を押さえただけで素直に横になるカル。顔色は元に戻りつつあるが、本人もダメな自覚があるのだろう。

「僕はパルティン様の僕《しもべ》、貴方にスキルを頂く資格がありませんのでこのままで」

「資格うんぬんは別に構わんが、パルティンと私の間で煩悶するような事態になったらレーノの性格だとキツイだろうな」

レーノの顔色は戻っている、と思うが。どうだろう？　いや、不健康そうな白さはない。顔が青いのは元々だ。

「もともとエカテリーナ様に傷を治すために消費したアイテムを返却し終えたら、と思っていました。体調が戻って……どこにも借りが無くなったときには……」

カルの方は声が揺れて、そして途切れた。

「寝た」

「え？」

端的に事実を告げればガラハド達が驚く。

「ランスロット様が無防備に？」

「そこまでなの？」

「まあ、人の身であれだけ神気に抗えばしかたがないかと。パルティン様の竜気に慣れた僕でも未だ元に戻らないです。明日起きれば何事もなく戻っているとは思いますが」

イーグルとカミラが不審がるのにレーノが答える。

「そんなにキツイものなのか？」

「畏れ、敬い、受け入れればここまでにはなりませんよ、たぶん。この人は、神々が神気を弱めた後、立ち上がってましたからね。やせ我慢にしても人間にしては天晴です」

レーノが言う。

そういえばレーノの方は膝をついたままだった。

「オレ達がヴェルスに会った時は何もせずに固まってただけだしな。てか、このジジイは年甲斐もなく何対抗してんだか」

「ヴェルス《あれ》はいきなりだったしね……。火の神アシャの時はそれこそ敬い跪いて騎士への祝福を乞う儀式だ」

ヴェルスのくだりで当時のことを思い出したのか、若干遠い目になるイーグル。

「懐かしいわ。覚悟の弱いものは倒れて失敗していたわね」

盛り上がる三人。

アシャとの儀式はきっと重々しく荘厳なのだろう、ヴェルスと対面した時は、焼き串持ってた気がするが。

「レーノも寝るか？　ここで寝るなら移動するぞ」

神々と会わずとも、迷宮帰りの二人だ。

「いいえ、僕は気温が下がらない限り、もともとそんなに睡眠を必要としないので。できれば色々お伺いしたいことがあるのですが、その気力はないですね。でも今は人の気配が心地いい」

まとめて冬眠するんですか？

ソファーの上、隠蔽陣の布団に包まって私たちの会話を聞くともなしに聞いているレーノ。どこか眠そうで、どこか機嫌がいいように見える。

カルの方は規則正しい寝息。

ガラハドがカルの寝ているソファーの背もたれに行儀悪く半分腰掛け、少し離れたひとり掛けのソファーにそれぞれ座るイーグルとカミラと話している。

それにしても、気のせいじゃなければ最強騎士《カル》に剣を捧げられる流れな気がするが、なんで誰もツッコまないんだろうか。

私、王でもなく、使命を帯びた伝説のナンチャラでもなく、ただの気ままなCランク冒険者なんだが。

「マスター」

「どうした？」

会話が一段落したと判断したのか、リデルがローブの袖を遠慮がちに引く。

「マスター、選べる職業に【錬金術士】【薬士】【魔法使い】が出ています。職業の選択をお願いします。あとリデルは【鑑定】が欲しいです」

「ああ、【鑑定】……。すまん、【隠蔽】だけつけて大本のものを覚えさせてなかったな」

色々抜けているマスターですまん、すまん。

「リデル、職業は何になりたいんだ？　出会いから考えて【錬金術士】かと思って聞かなかったのだが」

リデルのステータス画面を開けて、空中に浮かぶ薄いガラス板の映像のようなメニューを操作する。職業を選ぼうとして、はたと思い当たる。そういえば希望を聞いていなかった、と。

「リデルはマスターの役に立つなら何でも」

袖をつかんだまま、こちらを笑顔で見上げてくる。

「得意不得意はあるのか？」

「器用の数値が高くて、あと魔法を覚えやすいと思う。でも魔力はそんなに上がらないから生産なら錬金術、戦闘なら魔法を込められる弓とか……、遠距離武器がいいと思う」

ペテロと話していた魔法銃が頭に浮かぶ。誰か作ってくれんかな？

「では、メインは生産で【錬金術】、戦闘はとりあえず【投擲】をとって遠距離物理職出るか様子を見ようか」

「はい、マスター」

リデルの本職《メイン》を錬金術士に設定、副職《サブ》はとりあえずシーフ。私に遠距離物理職が出ていればよかったのだが、生憎出ていないので。

職業を設定すると、スキルを覚えるためのコストが、一律5SPの消費だったものが少し変わる。生産職をメインに持ってきたせいか【鑑定】は3SPで覚えられた。鉱物やら道具やらの鑑定をまとめたものだというのに破格ではないだろうか。それぞれ取得して統合した身としては、なにか釈然としない。

次に【錬金魔法】。【鑑定】を覚えた時に【自己修復・MP】、【錬金魔法】を覚えた時に【自己修復・HP】が出現。説明を読むとホムンクルスなど人造物専用の回復機構のようで、戦闘以外で自然回復するようだ。【MP自然回復】とかの亜種だろう。

他に何か適当なスキルはあるだろうか。私が覚えているスキルでも、神々から貰ったスキルは選べないっぽいな。ハニートラップ回避に交換せずにカジノから脱走した分、交換してくるか。

【牧畜】【搾乳】は牛をもらったからには取らねばならないだろうか。ペテロの【猛毒】スキルのおかげで、【毒草園】にも少し興味がある。

SP消費がない事だし、やはり取るだけ取って牛の【搾乳】だのをリデルに覚えてもらおうか。

ミルク、幼女が搾りました！　とかポップをつけたら高額で売れたりして。

いや、そもそもアホみたいな高ランクのはずなので高いはずなのだが、私が搾るより幼女が搾ったほうが売れ行きは良さそうだ。

などと不穏な事を考えだしてしまったので一旦思考を切る。


「とりあえず当初の目的の【箱庭】の確認に戻るか。生き物もいる事だし最低限整えてこないとな」

野菜や果樹を植える前に家畜を貰ってしまった。

あと、神々のインパクトが大きくて、広さの確認をしていないのだが、だいぶ広かったような？

牛を飼うためにはある程度広さが必要なので、神々のサービスだろうか？

「生き物？」

考えているとガラハドが聞いてくる。

「牛一頭と鶏三羽貰ったんだ。草付《えさ》きだったんで基本放置でいいらしいが」

「えーと、誰から？　と聞くのはこの場合勇気がいることなのかしら？」

カミラが困ったように首を傾げる。

「話の流れから想像はつくけど、認めたくないな」

イーグルがため息をつきたそうな顔をしている。

「引っ越し祝いですよ、引っ越し祝い」

私も初見は扉をそっと閉めたがな。

「私の家に一応、緊急避難場所として転移プレートの登録をしておくか？」

思いついてガラハドたちに聞く。

「ああ、島なんだっけ？　いざという時、『雑貨屋《ここ》』よりも待ち伏せなんかの心配なくていいな」

「迷惑をかける、すまない」

「ホムラのプライベートね、ふふ」

カミラが色っぽく笑ってからかってくる。

「いや、まだ家は箱状態だ。手付かずだから期待されると困るんだが」


ガラハドたちとリデルを連れて再び島へ。

なんか島を取り巻く雲だけでダメージを受けた三人がいた。

レーノは淡々と何でもない事のように説明するし、カルは真面目に「城塞島」で納得していたし、がく然とした自分がちょっとずれてるのかと思っていたが、どうやら普通の反応だった様子。

「ちょ、なんだこの島はあああああああああっ」

ガラハドの叫びを聞いて安心している自分がいる。

ホムラ　Lv.38　Rank C　クラン Zodiac　種族　天人
職業　魔法剣士　薬士（暗殺者）
HP：1483　MP：1998　STR：104　VIT：57　INT：209
MND：70　DEX：69　AGI：113　LUK：121
NPCP【ガラハド】【二】　PET【バハムート】【アリス＝リデル】（アリス1／2）
称号
■一般
【交流者】【廻る力】【謎を解き明かす者】
【経済の立役者】【孤高の冒険者】【九死に一生】
【賢者】【優雅なる者】【世界を翔ける者】
【痛覚解放者】【超克の迷宮討伐者】
【防御の備え】【餌付けする者】【環境を変える者】
【火の制圧者】【絆を持つ者】【漆黒の探索者】
【惑わぬ者】【赤き幻想者】【スキルの才能】

【快楽の王】【不死鳥を継ぐ者】
【迷宮の王】【幻想に住む者】
■神々の祝福
【アシャの寵愛】【ヴァルの寵愛】
【ドゥルの寵愛】【ルシャの寵愛】
【ファルの寵愛】【タシャの寵愛】
【ヴェルナの寵愛】【ヴェルスの寵愛】
■神々からの称号
【アシャのチラリ指南役】
【ドゥルの果実】【ドゥルの大地】【ドゥルの指先】
【ルシャの宝石】【ルシャの目】【ルシャの下準備】
【ファルの睡蓮】
【タシャの宿り木】【タシャの弟子】【タシャの魔導】
【ヴァルの羽根】
【月光の癒し】
【ヴェルスの眼】
【神庭の管理者】
【神々の印】

【神々の時】
■スレイヤー系
【リザードスレイヤー】【バグスレイヤー】
【ビーストスレイヤー】【ゲルスレイヤー】
【バードスレイヤー】【鬼殺し】
【ドラゴンスレイヤー】
■マスターリング
【剣帝】【賢帝】
■闘技場の称号
【NPC最強】（非表示）
【雑貨屋さん最強】（非表示）
【ロリコンからの天然】（絶賛非表示中）

スキル（7SP）
■種族固有
【常時浮遊】【精霊の囁き】
■魔術・魔法
【木魔法Lv.33】【火魔法Lv.31】【土魔法Lv.32】

【金魔法Ｌｖ．32】【水魔法Ｌｖ．32】【☆風魔法Ｌｖ．31】
【☆光魔法Ｌｖ．32】【☆闇魔法Ｌｖ．32】
【☆雷魔法Ｌｖ．33】【灼熱魔法Ｌｖ．23】【☆氷魔法Ｌｖ．36】
【☆重魔法Ｌｖ．39】【☆空魔法Ｌｖ．32】【☆時魔法Ｌｖ．36】
【ドルイド魔法Ｌｖ．30】【☆錬金魔法Ｌｖ．26】

■治癒術・聖法

【神聖魔法Ｌｖ．38】
【幻術Ｌｖ．36】

■特殊

【☆幻想魔法Ｌｖ．5】

■魔法系その他

【マジックシールド】【重ねがけ】
【☆範囲魔法Ｌｖ．38】
【☆魔法・効Ｌｖ．33】
【☆行動詠唱】【☆無詠唱】
【☆魔法チャージＬｖ．30】

■剣術

【剣術Ｌｖ．39】【スラッシュ】

【☆断罪の大剣】
【☆グランドクロス・大剣】
■刀剣
【刀Lv.38】【☆一閃Lv.32】
【☆幻影ノ刀Lv.25】
【☆グランドクロス・刀剣】
■暗器
【糸Lv.44】
■物理系その他
【投擲Lv.19】
【☆見切りLv.35】
【物理・効Lv.24】
■防御系
【☆堅固なる地の盾】
■戦闘系その他
【☆魔法相殺】【☆武器保持Lv.37】
【☆スキル返しLv.1】
■回復系

【☆攻撃奪取・生命Lv．29】
【☆攻撃回復・魔力Lv．32】
【HP自然回復】【MP自然回復】
【☆復活】
■召喚
【白Lv．27】
【☆降臨】『ドゥル』
『ヴェルナ』『ヴェルス』
■精霊術
水の精霊【ルーファLv．25】
闇の精霊【黒耀Lv．36】
■才能系
【体術】【回避】【剣の道】
【暗号解読】【☆心眼】
■移動行動等
【☆運び】【跳躍】【縮地】
【☆滞空】【☆空翔け】
【☆空中移動】【☆空中行動】

【☆水上移動】【☆水中行動】

■創造

【☆魔物替えLv．1】

【☆風水】【☆神樹】

■生産

【調合Lv．44】【錬金調合Lv．43】

【料理Lv．44】【宝飾Lv．37】

【魔法陣製作Lv．28】【大工Lv．15】

【ガラス工Lv．15】【農業Lv．1】

■生産系その他

【☆ルシャの指先】【☆意匠具現化】

【☆植物成長】【☆緑の大地】

【大量生産】

■収集

【採取】【採掘】

■鑑定・隠蔽

【鑑定Lv．44】【看破】

【気配察知Lv．44】【気配希釈Lv．44】【隠蔽Lv．44】

■解除・防止
【☆解結界Lv.5】【罠解除】
【開錠】【アンロック】【盗み防止Lv.24】
■強化
【腕力強化Lv.15】【知力強化Lv.14】【精神強化Lv.14】
【器用強化Lv.15】【俊敏強化Lv.15】
【剣術強化Lv.14】【魔術強化Lv.14】
■耐性
【酔い耐性】【痛み耐性】
【☆ヴェルスの守り】【☆ヴェルナの守り】
■その他
【暗視】【地図】【念話】【☆房中術】
【装備チェンジ】【☆大剣装備】
【生活魔法】【☆ストレージ】
【☆誘引】【☆畏敬】
☆は初取得、イベント特典などで強化されているもの

とあるゲームの裏事情

▶ WE'VE STARTED A NEW GAME.

Presented by Jaga Butter
Illustration by Enishi Shiobe

運営A「商業ギルド経由の酒の販売が順調すぎる」
運営B「スタート時に回復薬を買わずに酒を飲んだ剛の者もいましたし、王都でレシピ手に入れたプレイヤーもちらほらいるんですけれど、店舗持つまで行けてないですね」
運営C「他のプレイヤーが店舗持つ頃には販路に割り込めないッスね。そもそもプレイヤーはプレイヤー同士で売買してるのが多いッスけど」
運営A「ここまで順調だと、王都ファイナのファストへの干渉クエスト、酒絡みは半分消えそうだ」
運営C「大丈夫ッスよ。ファストの商業ギルドが王都の酒要らなくっても、調整してクエストは再利用するッス」
運営B「余裕だな?」
運営C「商業ギルドでの酒の販売、この人が取ってる時点で諦めたんで幾つかもう考えてるッス」
運営A「順応性高いなお前……。それにしてもバザーの件で確執が出来てもおかしくないのに、順調だなあ」
運営C「想定したより、プレイヤーたちの住人へのマナーが良かったんッスかね?」
運営B「この人も、行動が派手な割に住人からの好感度高いままですね」
運営A「冒険者ギルドの受付、商業ギルド、神殿……」
運営B「……」
運営C「………」
運営C「この人にはそろそろ自重ってものを覚えてほしいッス」

運営A「エカテリーナとの好感度が高めだったせいで、ランスロットの弱体化も解いてるし、なんなんだ」
運営C「ファスト掌握されそうで怖いッス！」
運営B「……領主が無事で何よりです」

◆◇◆

運営C「この人、【スキルの才能】でた上に、幻想魔法覚えてるんッスけど」
運営B「今から幻想魔法のレベル上げるのやめてほしいな……」
運営C「大規模戦あるし、レイドも増えるッスもんね。行動が変な割に勤勉な人ッスよねぇ」
運営B「運営としては、相手はAIなんだからもう少し傍若無人に振舞ってくれてもいいと思うわけだが」
運営C「住人の好感度高いわ、騎士が二組いるわ、ドラゴニュートはいるわ、神殿とも関係悪くないわ、大規模戦で無双しそうッスね！　はっはっ〜！　大規模戦担当がんばれ〜！」
運営A「お前、そんなこと言ってるとイベントの時に手伝いに回すぞ」
運営C「ぎゃー！　嫌ッス！　いつの間に来たッスか！」
運営A「今だ」
運営B「お疲れ様です」
運営A「この先、転移系アイテムをプレイヤーが売り出したら神殿との関係が悪くなるはずだ。

属性石もな。よっぽどうまく立ち回らないと、大多数の住人の好感度は下がるだろうから、まあ大丈夫だろう」
運営C「悲しいお知らせです。むしろこの人が転移アイテムを既に販売してますが、神殿の既得権配慮のお値段設定ッス」
運営A「……なんで暴利貪らないの？　神殿の転移より便利だろう⁉　普通は貪るよね⁉」
運営B「暴利というか、プレイヤー想定ならもっと高い方が適正ですよね」
運営A「普通、やらかして住人と確執できて、クエストクリアして確執解消、好感度が上がるってステップだろう⁉　なんで途中をすっ飛ばす⁉」
運営B「和解のためのクエストに失敗して、確執だけが大きくなってるサーバーもありますが、あちらはワザとの面もありそうです。一定数そういうギスギスした雰囲気を好むプレイヤーもいますからね」
運営A「そっちは和解のためのクエストも、住人からの攻撃クエストも発生してて、メインストーリーが遅れることはあっても、早まることはないからかまわん！　問題はすっ飛ばしてるこっちだ。他のプレイヤーが追いつけないところで、メインストーリーが進むだろ！」
運営C「ハハハハハ」
運営B「なんで嬉しそうなんだお前は……」
運営C「だって住人に配慮してるなんて、それだけ自分らがつくった世界がよくできてるってことじゃないッスか」
運営B「……本音は？」
運営C「ここまで突き抜けてるともういっそ応援したくなるッス！」

◆◇◆

運営C「いいッスよね、暗殺者のリングクエストに出てくるNPC、全部影。性格付けもなし、キャラのデザインの使い回し放題！」
運営B「この暗殺者、ほぼソロ特化ですね。ですが、こなしているクエストに対して、回復手段が間に合ってないし、そもそもHPも足りていない。クリアしているところを見ると、回避能力が高いんですかね」
運営A「暗殺者のリングは、メインストーリーが進む、キークエストがないから安心だな。リングの取得は早すぎるが、実害が少ない」
運営B「どちらかというと裏から見たストーリーの補足、みたいなクエスト内容ですからね」
運営C「あ。リングを割った」
運営A「は!?　ぼっちなのに!?」
運営C「クランも入ってるし、青竜ナルンのクエストあのプレイヤーと一緒ッスよ？」
運営A「……そうだったな。あんまりサクサク暗殺してるんで、どうもこう……」
運営B「暗殺者のリングは、能力は高いですが、そのまま持っていると呪われますからね。周りも巻き込まれますし、ほぼソロ専用。二つに割って主を得れば安定しますが、リングの能力劣化と、煩わしい主従関係に縛られます。――安定を選んだのちょっと意外ですね」
運営C「これ、片方の行き先はあのプレイヤーッスねぇ」
運営A「やめて。本当にやめて。これ以上メインストーリー早められたら、どうしていいかわからない！」

◆◇◆

運営A「疲れた……。なんであのプレイヤー、アリス言い当てるんだ」
運営C「素直に引っ越してくれてよかったじゃないッスか」
運営B「【迷宮創造《メイズメイカー》】開示はよかったんですか？」
運営A「元々はバハムート解放で開示予定だったし、予定どおりだ……（吐血）」
運営C「いやあ、ラスダン近くになると思ってたッスけどね！　バハムートも討伐ルート確定だと思ってたッス。バハムートをプレイヤーたちが騎獣で追う空中戦はどこいったスかね」
運営B「冒険者ランクSSの強制依頼中に遭遇のハズでしたしね……」
運営A「本来は依頼の報酬だったんだがなあ。まあ、騎獣での空中戦は他のドラゴンを据えよう」
運営C「【魔物替え】単体って、レベル上げは『テイム』でハウスの敷地とかッスか？」
運営A「自前のダンジョンが無いとそうなるな。結界をもってれば、フィールドで一匹捕まえてやるのも手っ取り早い」

運営C「『テイム』はハスファーン取得済みなら、取得可能にでてるはずッスよね、安心ッス」
運営A「何故そこで安心できるんだ?」
運営C「もういっそ応援してるッス」
運営A「お前……。いや、自前のダンジョン造りに励んでくれれば、人のダンジョンを攻略したいプレイヤーが難易度に泣くくらいか。いいな」
運営B「『テイム』がなくても使えますが、難易度が跳ね上がりますね。それにしてもあのプレイヤー、レベルキャップすでに来てましたね。スキル50個って、頑張らないと集めるのきついのに」
運営C「レベルは高めくらいでしたッスけど、基礎能力は破格。本人はスキルを上げる根気良さ所持。どうなっちゃうッスかね」
運営A「まさか、神々に会ってるのも計算してじゃないだろうな?」
運営B「怖いこと言うのやめてくださいよ。他のプレイヤーなら、鼻で笑うところですけど、シャレにならないです!」
運営C「気づいてないだけじゃないッスかね。バハムート、倒せない戦闘の度に強くなってく強キャラだったのになあ。飛んでる絵、かっこよかったッス」
運営B「確かに対応する属性のスキルの数で、神々との遭遇率は上がるけど、今度は相性の悪い属性のスキルの数で、祝福がもらえなくなるハズなんですけどね……」
運営A「いやまあ、スキルについては迷宮の40層行ってるんだし」

運営C「そうッスよね。スキル石、進化ルート解放、騎士の弱体は阻止しちゃったし、迷宮の転職ルートもすぐッスよね。転職したらまた一段強くなるんだろうなあ」
運営A「えぐるな！　なんであんな最速……」
運営B「あのプレイヤー、アリスを言い当てるくらいなのに、ちょっとかなりマイペースっぽかったですよね。思ったより雰囲気の柔らかい人で安心しましたけど」
運営C「僕だけ直接会ってないッス、ずるいッス！」
運営A「お前、ファンか何かか？　仕事だぞ？」
運営B「バロンに来たんだからしょうがないだろう」
運営C「前から思ってたッスが、阿部でアベーはどうかと思うッスよ」
運営A「いいだろう、間違わなくって。それにしても、スキルを削除できるのは知ってるんだろうな、あのプレイヤー」
運営B「ファストのギルドは中堅以下の情報ばかりですが、資料室にはアルが配置してありますし、迷宮の転職板の話は、ギルドで成長しない話をすれば拾えるようになってますし……」
運営A「不安すぎる」
運営C「前科が前科っスからねぇ」
運営A「とりあえず、スキルを捨てて神々との遭遇率をさげてくれるか、とっとと転職して、レベルの割にスキルレベルが低くて攻略停滞をね、してほしい」
運営B「全部のスキルレベル上げに勤しみそうですが」

運営Ａ「そのためのレベルキャップでもあるんだが、あの成長補正、勘弁してほしい。ああ、もう、どうやったら止められるのかこんがらがってきた！」
運営Ｂ「いっそメインストーリーと関係のない迷宮のルートとかに籠ってほしいですね。もしくはアイルの学校でＮＰＣと疑似恋愛にはまってくれれば……」
運営Ａ「本当になんでこんな初期に神々コンプしてるんだ！」
運営Ｃ「まあいいんじゃないッスか？　プレイヤーの間ではＮＰＣ扱いになってるし、もう諦めるッスよ」

※アベー、ブルース、カイン。ギルドマスター、略してＧＭ

◆◇◆

運営Ｂ「あーーー!!」
運営Ａ「どうした？」
運営Ｂ「うわぁ……」
運営Ｃ「二人でアリス攻略！」
運営Ｂ「なんでこの人たち、チェシャ猫もトランプもソロでクリアしてるかなあああああああ？？？」
運営Ｃ「データ的にトランプの方は合流してから倒してるみたいッス。暗殺者があのプレイヤーが合流するまで回避頑張った感じッスか」

運営A「……調整しろ」

運営C「プレイヤーが島に行ける飛べる騎獣を手に入れるのはまだ先、ソロで中ボス攻略できるのもまだ先、調整無理ッス！」

運営A「他の複数パーティー（レイド）ダンジョンも危ないだろうが！　調整しろ！」

運営C「いくつあると思ってるんッスか!!　いやあああああああああああ!!」

買い物

▶WE'VE STARTED A NEW GAME.

Presented by Jaga Butter
Illustration by Enishi Shiobe

クランメンツはログアウトして、私が寝るまでの空白の時間、『雑貨屋』で薬の作り溜めをしていると、カミラが覗きに来た。

「ホムラ、手が空いたら買い物に行かない？」

「買い物？　何か欲しいものがあるのか？」

なんだろう？　アイテムポーチがあるので荷物を運ぶために力は必要ない。似合うかどうかの意見を聞きたいということなら、私より他に適任がいそうだが。

——もしかして、これはデートのお誘いだろうか？

「買い物というか、タオルとかシーツとか、持ち物に印をつけたいの。最初はあんまり出歩かないつもりでいたし、三人とも一度に揃えたから、ベッドカバーとかはともかく、同じものなのよね」

当初は警戒して『雑貨屋』の出入りに気を遣っていたものの、カルも表に出ていることだし、気にしてもしょうがないということになって、今はカミラたちも自由にしている。

「なるほど？」

「ホムラのものもついでにどうかと思って。個人で保管するものでも被りやすいものもあるし。効果を抜きにしても丁寧で評判がいいみたいだし、隣で縫い取り」

隣だった。

そして全員だった。

『雑貨屋』の向かって左隣は『ダリア』という染色と刺繍、そして町着の店。以前は戦闘用の服を扱っていたと記憶しているが、看板を【鑑定】して見ることのできる店の説明は、商品説明が町着になっている。

町着は字面の通り、町の中でおしゃれ着として着る装備のことだ。戦闘のための防御力などはほぼない。安いけれど、魔物に襲われる外では着られない町の中での装備。私は今のところ寝巻きしか持っていないので、家の外にも出られない。

『染色』と『刺繍』は、弱いが他の付与や属性と相殺されない能力の向上効果がある。少しでも強くなりたい冒険者や、手袋や靴の色を変えて装備全体を揃えたい者、クランで共通の意匠や色を使いたい者たちが利用している。

どうしてもドロップ品や、能力重視で購入した装備は形や色がばらける。構わずチグハグな格好のまま戦う者も多いし、装備自体を透明化するものも多いが、こだわる人はこだわるのである。

うちのクランメンツは、クランで揃えることには拘らないが、お茶漬と菊姫は着替えが多いし、シンとレオは、ずっと似たような格好をしている。

シンとレオも着替えていないわけではないのだが、気に入った装備をスキンとして登録――装備の見た目を登録した装備に替えている。シンで言うなら、黒い革のズボンをスキンとして登録しているので、例えば拳士系装備で多いカンフーズボンみたいなものを装備しても、黒い革ズボンに見える。ただし、登録できる装備は「アイテムポーチに持っているもの」なので荷物を圧迫する。

かくいう私も、コーディネートが面倒で登録している。長いローブなら手袋を不可視にしてしまえば大抵誤魔化せるので、そのままの時もあるし、ドロップした装備が格好よかったら見せている時もある。

それはともかくとして、隣の『ダリア』には、装備が持ち込まれたり、装備を作る生産者が布や革の素材を持ち込み、繁盛している。

「すまん。忙しいのではないか？」

「いえ、いえ、いえ、いえ、いえ」

「大丈夫です、大丈夫です。今手が空きました」

『ダリア』は、竜胆《りんどう》と桔梗《ききょう》という姉妹がやっている。その二人が大勢で押しかけた私たちを相手に慌てている。

おそらくパーティー会話をしているのだろう、口は動くが静かだ。

「野次馬、ロック、今日はクローズ、ですか」

小声でレーノが言う。

「唇を読んだんですか？」

「はい。僕は、【念話】の応用で話したり聞いたりしていますが、その補助に」

イーグルの問いにさらっと答えるレーノ。

本当に外に漏らしたくない会話は、音声通話ではなく面倒でも最初から手打ち入力がいいということか。いや、口元を隠せば済むのか。

「刺繍する模様と色はどうされますか？」

真面目な顔で聞いてくる桔梗。

「模様は『雑貨屋』の意匠をお願いできる？　色はそれぞれ希望を言うわ」

カミラが言う。

最初は名前の縫い取り予定だったのだが、模様に変わった。まあ、カルとかカルとか偽名だし、私もホムラとレンガードとあるし。

模様もそれぞれ決めるのも面倒で、『雑貨屋』マークになりました。

『雑貨屋』のマーク、白のお友達が作品に染め抜いていたマークを少し変えただけっぽいのだが、問題ないだろうか。看板屋に、長毛ミスティフの意匠でと頼んだら似たようなのがですね……。全く同じではないし、白には好きにしろと言われているのだが。

「はい、あのマークですね、問題ないです」

桔梗が雑貨屋の方に目をやり、答える。

――白が封印される前の時代か直後に活躍した陶磁器作家のマーク、最近現れた異邦人が知るよしもない。

知っている私はちょっと著作権とか心配している、看板屋から説明を受けて大丈夫だと分かっているが、白の友達に許可を得たわけではないので、少々やましいのだ。

「刺繍は桔梗が、色は私が染色からします。まず色の系統のご希望は？」

「赤ね」

カミラが答えると、竜胆が色見本を取り出し赤系統のページを開く。

少しずつ色の違う、染め抜かれた小さな正方形が縦に並ぶ。その隣に正方形と同じ色で染められた刺繍糸と布。横に並んでいても、糸や布の質で色合いが違うように見えるのだが、リアルの再現率高すぎではないだろうか。

「今回は刺繍ですので、糸の色で選んでください。ただ、刺繍をする対象の布の色によっては暗く感じたり明るく感じたりはあると思いますが……」

「私はこの赤で」

カミラが早速選ぶ。

「俺は黒でいい」

見本も見ずにガラハド。

「艶消し、艶あり、黒も多いですよ」

そう言って桔梗が黒の載った色見本を出す。

「私はこれで」

イーグルが選んだのはアイスブルー、これは瞳の色。

こちらの世界では持ち物に瞳か髪の色を入れることがよくある。洋服とか、ハンカチ、宝飾品。好きな色を選ぶこともちろんあるが、大抵はそうなるようだ。

「僕はこっちの青——僕、色の認識が人族と違うと思うんですが、イーグルと被って見えてしまいますか?」

レーノは肌の濃いところの色。

「いや、大丈夫」

レーノとイーグルのやりとり。レーノって、赤外線が見えるとか紫外線が見えるとかしてるんだろうか？　また一つ謎が増えた。

「私は――」

カルが笑顔で青を収めた色見本の後の方を捲る。

「真っ青か？」

カルの瞳は色が変わる。寒かったり不機嫌だったりすると灰色がかり、気が昂っていたり機嫌がいいと綺麗な青になる。普段は青よりの水色。

「いえ」

否定が来た。

まあ、青が多すぎるのもぱっと見見分けが大変ではある。

「何色にする気だ、おい。ジジイは青でいいだろ！」

ガラハドが色見本を取り上げる。

何色を選ぼうとしたのか。もしかして、カルに白以外――着ている服が大抵白だ――を選ばせると壊滅的なかんじなんだろうか。

「カルは綺麗な青が印象的だしな」

ガラハドの後押しをする私。ガラハドのためにも無難な色を選んであげてください。

「主がそうおっしゃるならば」

微笑んで、ページを戻り綺麗な青を選ぶ。

壊滅的な何かを回避したものの、アイスブルー、すこし黒っぽい青、真っ青。青系ばかりだな、おい。

「ラピスは主とお揃い！」

「ラピス、残念だけど、お揃いだと見分けがつかないから」

ノエルがラピスを宥める。

「ん、じゃあこの色」

ラピスが胸元から鍵を引っ張り出す。

鉄の色。地味、地味すぎるんですが！　いや、地味が悪いと言うわけでも、人の趣味にケチをつけるわけでもないのだが、ずいぶん渋い選択。

「二人とも、主に選んでもらってはいかがです？」

カルがにこやかに言う、おそらく私の動揺を感じての提案。

「いや、その色が好きならそちらの方がいい。誰かと被らなければ好きな色を選んでくれ」

カルに青を勧めておいてなんだが、二人には好きな色を選んでもらいたい。

私が選ぶと自分の好き嫌いを度返しして、ずっとその色を使いそうな気がする。私の意見ではなく、二人の意思で選んで欲しい——色だけの話じゃないが。

「ん。こっちにする」

じっと私を見上げてきたラピスが色を選び直す。

ラピスが選んだのは濃い青——ラピス。無難……、そして青か！

「主が呼んでくれる名前と同じ色。ラピスは自分の名前、好きになった」

はにかみながら笑うラピス。

青系が多すぎると言いづらい！

「僕はこれがいいです」

ノエルが選んだのはラベンダーのような薄紫。

ノエルの白い髪と紫の瞳の印象を混ぜたような優しい色。身内以外に冷めた対応をするノエルだが、きっと普通に育っていたら柔らかな優しい性格だったのだと思う。

「いい色だな」

二人の頭をぽふぽふと撫でる。

「リデルは？」

「緑。オークの緑がいいです」

ゆらゆらと揺れながら恥ずかしそうに答えが返って来た。

「ほれ、ホムラで最後。俺はこれで頼む」

そう言ってガラハドが黒の載った色見本を桔梗に向けて指を指す、黒は糸の種類が多かったようだ。途中、カルのほうも気にしていたし、時間がかかった模様。私も人の分を気にしていて、自分の分を選んでいなかった。

「では私はこの色で」

青の見本の後ろ、紫の見本が並ぶ中から自分の瞳の色を選ぶ。

「はい、承りました！」

「素材の在庫がありますのですぐに！　そちらでお待ちください」

「今お茶を……」

竜胆が奥に引っ込み、桔梗が端末に向かう。おそらく、委託販売で購入してお茶を出すつもりだろう。

「いや、茶菓は私が」

断って、案内された席に座る。

「ああ、これをそちらにも」

桔梗に手のひらサイズのエッグタルトをいくつか渡す。

錬金は知力と器用さ、鍛冶は力と器用さ。染色と刺繍の生産に、なんの能力が必要になるか不勉強で知らないのだが、生産に器用さが影響するのは鉄板。卵料理は一時的に器用さが上がるのだ。

「あ、ありがとうございます。がんばります！」

エッグタルトの箱を持って、竜胆に届けるのだろう、奥に小走りで行く桔梗。

なんかやたら緊張させてる気がするが、戦闘で使うわけではないからな？　ただの日用品の見分けのためのマークだからな？

刺繍をしてもらいたいシーツやタオルは、すでにカミラが桔梗とカウンター越しに共有済み。

依頼人が、加工してもらいたいアイテムと代金をカウンターで登録し、加工者がメニューにある登録確認を押すか、確認の旨を伝える。そうすると、依頼者側からは取り下げられない。

その後は、依頼者が依頼通りの加工かを確認して、メニューの『はい』と押すか、確認したことを答えてアイテムのやりとりが終了する。

カウンターを挟めば、装備の持ち逃げなどの心配はなく、店側も料金の取りっぱぐれがない。

なお、すでに使ったシーツやタオルは、カルとカミラによって持ち出しが却下されたので、刺繍をしてもらうのは新品だ。一人につき寝具類は三セット、タオルやバスタオルは五枚ほどなので、けっこうな枚数がある。

「さて、私たちもお茶をして待つとしようか」

テーブルに紅茶を人数分、お菓子は苺のフレジェを出す。

カスタードとバターをよく混ぜた濃厚で甘いクリーム。ケーキの側面に、ぐるりと苺の断面が綺麗に見えることが特徴のケーキだ。上にかけたラズベリーを混ぜた真紅のソースも。

苺、それもすっぱめの苺がラピスの好物らしいことが判明したので、さっそく出してみた。ただ、さすがに人様の家で、21センチのホールケーキを切り分けるのはどうかと思ったので、丸いが一人分のケーキを人数分だ。

「あら、綺麗な赤」

カミラが笑顔。

「出先だし、ほどほどに」

そう言いながらカルとレーノの前にも少し大きめのフレジェを出す。

ガラハドたちの前のケーキは、小ぶりで甘酸っぱい苺をこれでもかと詰めてある。濃厚なクリームは少し食べるのならば美味しいのだが、口当たりがとても重い。その重さを苺の酸味が爽やかに変える。

なお、当然の如くカルとレーノの前のケーキは、中に入れる苺を大きめのものにして、広めの隙間にクリームたっぷり。たぶん私が食べたら、半分で満足してしまう濃厚さ。

「白いクリームも美味しかったですが、これもまた素晴らしい」

レーノが嬉しそう。表情はそう変わらんが、後ろに花でも飛びそうな雰囲気。

「主の甘味は絶品です」

嬉しそうなカル。

「ええ、この酸味がいいですね。濃厚にして爽やかとは」

イーグルさんや、それ実はカルたちと中身違うから。

「しょっぱいもんの方が好きだが、ホムラのケーキは不思議と入るな」

ガラハド。しょっぱいものというより酒のつまみが好きなのだろう。

「主の作るものは、どれもすごく美味しいです」

ノエル。

「……」

口いっぱい頬張りながら、みんなから言葉が出るたびに、うんうんと頷くラピス。

「崩すのがもったいないのよね」

ケーキを前に口を引き結ぶカミラ。

「……」

リデルはそんなみんなを眺めて、軽く首を傾げながら嬉しそうにしている。

ところで全員可愛らしいマークなんだがいいのだろうか。ミスティフに縁の近いレーノならともかく、イーグル、ガラハド、カルがしっぽふっさふっさなデフォルメされたミスティフのマーク。こう……、格好いい感じに枠でも作ってもらった方がいいか？

まあ、外に見せるものではないし――次回考えよう。

情報を集める者たち

Presented by Jaga Butter
Illustration by Enishi Shiobe

【フィールド】初討伐 part11【迷宮】

1 名無しさん

ここは初討伐の報酬を書き込むスレです
討伐場所について、ボスや特殊モンスターは
謎解きに関わる場合があるので記入しないでください

テンプレ
名前：討伐した対象名
報酬：【称号】名or『アイテム』名
効果：称号orアイテム効果

――略――

69 名無しさん

薄皮タルタルウサギの初討伐報酬が
タルタルソース（薄味）の小瓶なわけだが

70 名無しさん

テンプレ使え

71 名無しさん

名前：タルタルウサギ
報酬：『タルタルソース（薄味）の小瓶』
効果：タルタルソースが無限に使える
タルタルソースに薄味なんか求めてねーよ！！！

72 名無しさん

濃い味もあるのか？w

73 名無しさん
ごめん、質問
初討伐報酬ってボスじゃないの？
読んでて混乱するんだけど

74 名無しさん
>>73
雑魚敵の中にも特殊個体が稀にいて
それを初めて倒すととても微妙な称号やら
しょっぱいアイテムがもらえる

75 名無しさん
>>73
大抵ちょっとでかいとか微妙な色違いとか
角が一本多いとか見分けむずい
ボスと違って誰にでもチャンスあるから狙ってみたら？
ちなみにアナウンスはチェックしないと
自分で倒したのしか流れない
運営の隠しお遊びみたいなもん？

76 名無しさん
>>74,75
ありがとう～
そんなのいるんだw
初めて知った、ちょっとチェックしてみる

77 名無しさん
火華果山のフェニックス、誰が倒したんだよおい

78 名無しさん
火華果山って猿じゃないんだ？
西遊記のイメージだけど

79 名無しさん
>>78
もし合ってたら謎バレになるから書くな

80 名無しさん
おっとすまん

81 名無しさん
>>78
アウトなのかセーフなのか

82 名無しさん
>>81
セウトかな
微妙

83 名無しさん
迷宮といい誰が初討伐かっさらってってるんだ

84 名無しさん
特にジアースの討伐と迷宮の討伐は立て続けだったしなあ
今止まってるけど

85 名無しさん
迷宮はレアボスオンパレードだったし
なんかのイベント進行してんじゃね？

86 名無しさん
えー、そのイベント交ざりたい

87 名無しさん
名前：糸トビウオ
報酬：『糸トビウオの糸』
効果：生産に使うと水属性アップの効果、ただし生臭い

バロンの迷宮入り口のギルドに張り込んでも
討伐誰だかわかんなかったんだよな？

88 名無しさん
どっちかつーと、アナウンスだけ聞かせといて
後で初討伐称号持ちの特殊個体の敵か住人が登場する
前振りだったりして

89 名無しさん
ここの運営、普通にプレイヤーがいないのに
イベント住人が進めてたりするからなあ

——以下続く

雑貨屋へ通う者たち

▶ WE'VE STARTED A NEW GAME.

Presented by Jaga Butter
Illustration by Enishi Shiobe

【ほんわか白】レンガード様 part3【ドS黒】

1 名無しさん

ここはレンガード様について語るスレです

■　特　攻　厳　禁　！　！

■　対象に気付かれないようマターリ見守りましょう

■　雑貨屋のメンバー及び周辺に迷惑をかけないこと

■　謎関係かもしれないので、閲覧は自己責任で！

レンガード様データ

・ファストで【雑貨屋】という名前の雑貨屋経営
　従業員は四人。獣人の子供二人と成人男性とドラゴニュート

・『帰還石』『転移石』などを販売

・ファストで住人相手に料理屋向けの酒問屋を経営
　従業員は商業ギルドのギルド職員

・職業は魔法と刀剣を使うことから魔法剣士？

・生産者は別にいてレンガード名を使っている可能性は
　否定できない

・とりあえずフルパーティーを瞬殺できる

・魔法を封じると黒くなって刀剣で首を刎ねるモードに移行

・闘技場ランクは最高のSSS

・天然疑惑あり

・わけがわからない

――略――

683 名無しさん

雑貨屋に幼女が増えた

684 名無しさん

金髪ロリ
レンガードさんロリコン疑惑濃厚待ったなし

685 名無しさん

>>683
それなんかホムンクルスだった

アリス＝リデル　Lv.1
Master　レンガード
種族　ホムンクルス
しかみえんかったけど

686 名無しさん

作れるの!?
いや、レンガード様、錬金もやってるからいけるのか……
ホムンクルスだし
俺たちも先々錬金で作れるようになる？

687 名無しさん

>>684
町中でロリ連れて歩いてた
手くらい繋いでやればいいものをって思ってたけど
あれがホムンクルスだったのか

688 名無しさん

レンガードの職業が魔法剣士メインなのか
錬金メインなのかまた迷走しそう……
もしかして：オールマイティー？

689 名無しさん
>>687
みたみた
アリスちゃん、とてとてついて行って可愛かった
なんか自動追尾かかってるみたいだったｗ

690 名無しさん
レンガード様、やっぱりロリコンなの!?

691 名無しさん
うーん
ホムンクルスだしなー
手繋ぎか抱きかかえてたら一発アウトを進呈するんだがｗ

692 名無しさん
疑惑が限りなく黒に近いグレーwww

693 名無しさん
ところで某人形の情報集めてたら
『白の錬金術士』と『永遠の少女アリス』の情報がでてきてだな

694 名無しさん
>>693
まんまじゃねーか！

695 名無しさん
ちらっと単語だけ拾えてる程度なんで微妙なんだけど
やっぱりまんまじゃんって思うよねwww
レンガードさんやっぱりイベントがらみかなあ

696 名無しさん

レンガードさん、そのホムンクルス幼女に
とーさまって呼ばれてたぞwwww

697 名無しさん

え！
なにそれうらやましい！

698 名無しさん

>>697
おまわりさーん！！！

すみません、僕もうらやましいです

699 名無しさん

>>698
通報＆自首乙

700 名無しさん

レンガードさんすかさず却下してて、マスター呼びになってた
モッタイナイと思ってしまった俺はもうだめなのか
いいなあ、とてとて幼女

701 名無しさん

>>700
手遅れです

702 名無しさん

>>700
手遅れですね

703 名無しさん

>>700
取り返しがつきません

704 名無しさん

カルって呼ばれてる人間の従業員
騒いだり迷惑かけてるヤツ、あっという間に排除するんだよな
ドラゴニュートの方はまだ「ああ、なんかしてる」って
見えないけど手を出してるのわかんだけど

705 名無しさん

>>704
人間の従業員
それは本当に人間ですか？

706 名無しさん

『雑貨屋』さんに人間がいない疑惑

707 名無しさん

最強っぽいなにかへのフラグなんだろうか
プレイヤーの前に立ちはだかる的なこう……

708 名無しさん

まあ、猫耳幼女で揃えてる店もあるしなあ
でもレンガード様だと
「ラスボス前の中ボス揃えてます」
とかでも驚かない

——以下続く

恋する者たち

▶ WE'VE STARTED A NEW GAME.

Presented by Jaga Butter
Illustration by Enishi Shiobe

【攻略】恋愛攻略総合 part2【略奪】

1 名無しさん

ここはNPCとの恋愛を目指す者たちのスレです
・住人は基本異性恋愛者
イベントなどで親密度が好感度に変わると恋愛対象となります
それまでは嫌がられますので気をつけましょう
恋愛ミニゲームが発生しやすいアイルの学校
・学術……イベント内容エロゲより
・法術……イベント内容乙女ゲームより

――略――

373 名無しさん

学術も法術も学校にいるのは結構恋愛に対してゆるいね
時々ガードカッタいのもいるけど
まあ年代的に性少年の集まりか

374 名無しさん

>>373
そうなん？

375 名無しさん

俺男だけど【乙女ゲーム眼】の称号持ちで
好意がゲージで見えるんだよね
だからよくわかる

376 名無しさん

ぶ！
いいなあおい！

377 名無しさん
>>376
【乙女ゲーム眼】な……

378 名無しさん
>>375
え、まさか……？
いや、375が女性とか
そうじゃなくても恋愛対象が男という可能性も……？

379 名無しさん
ヤローのゲージしか見えない！！！！
いらねえええええええええええええ！！！
女の子の攻略に役立つのくれよおおおおおおおお！！！

380 名無しさん
えー！！！！
うらやましいいいいいいい！！！！
@女

381 名無しさん
くれ！！！
今すぐその称号をよこすんだ！
@女

382 名無しさん
きゃー!!
ステキ!!　抱いて!!
@男

383 名無しさん
宝の持ち腐れ！！！！
殺してでも奪い取る！！！
@女

384 名無しさん
>>382
オイ
しれっとまざるな。

385 名無しさん
>>375
今すぐ雑貨屋に走って
レンガード様以下
従業員を見て来るんだ！！！

これは機会を男なんかに奪われた我々乙女からの命令だ!!
拒否は許さん！

386 名無しさん
>>385
ひでえ！
375 かわいそう
でも知りたいんでお願いします
>>375

387 名無しさん
>>375
よろしく！

388 名無しさん

>>375

頼んだ！

389 名無しさん

>>375

魔法学校のフォイル様の鑑定も

390 名無しさん

え、じゃあ私は

アイルの冒険者ギルドのギルマス

391 名無しさん

>>390

アイルのギルマス滅多にいないけど

美人さんだよね

男だけど

392 名無しさん

>>391

男なのか……

観に行こうとしたのに

やめたwww

393 名無しさん

375 は行った？

394 名無しさん

さあ？

395 名無しさん

ここにいると女どもに便利に使われそうだな
>>375

396 名無しさん

いっそ商売にしちゃえば？
>>375

397 名無しさん

シルか指定アイテムと交換で
鑑定承りますwwwか？　www
もうかりそうwwww

——略——

412 鑑定@375

みてきた

413 名無しさん

ん？

414 名無しさん

おおお！！！　おかえり！！！
どうだった？
>>375

415 名無しさん

ささ、報告早く、早く！　レンガード様どうなの!?

416 鑑定@375
　レンガード様とイケメン見えなかった
　白髪ショタは９：１
　ドラゴニュートは７：３くらいで誰か２人に向いてる
　恋愛か親愛かは自分に向いてるのしかわからんw
　ちなみに平均的な色は白で
　誰かに好意を持つとゲージの色が染まって見える
　白があれば攻略の可能性もあるけど
　ないんじゃ攻略無理じゃね？　ってのが感想

417 名無しさん
　おお、乙
　ありがとう

418 名無しさん
　サンキュー、サンキュウー

419 名無しさん
　うむ、ご苦労
　『雑貨屋』さんは恋愛対象じゃないってことでFA？

420 名無しさん
　>>375
　見えないってのは？

421 鑑定@375
　相手が称号【眼】持ちでスキルが効かないパターンと
　相手がイベントキャラとかで役割振られてて
　攻略対象じゃないパターン
　一応条件が整えば対象に変わったりするらしい？

422 名無しさん
そこも詳しく！

423 鑑定@375
ヤロー相手に真面目に検証しねぇよ！

424 名無しさん
【目】は道具やら鉱物やら素材で
【眼】が人やら魔物やらだっけ？
鑑定対象

425 名無しさん
そそ

426 名無しさん
『雑貨屋』さんたちは攻略難しいか
攻略不可か……

427 名無しさん
それでもやっぱり通っちゃうんだよなああああ

——以下続く

あとがき

こんにちは、じゃがバターです。

「新しいゲーム始めました。」7巻をお届けいたします。内容は個人ハウス、クランハウス、火華果山――ガラハドとイーグルのイラストは大丈夫か？　モザイク？――と、なっております。

巻末短編は雑貨屋さんたちの持ち物に入れる刺繍の話です。こちらに合わせて、なんとグッズを作ってくださるとのことで！

白マークは大活躍しておりますが、これ将来カルやガラハドの鎧とかマントの模様が雑貨屋マーク＝白になる？　この可愛らしい模様を背負うのか？　いや、アレンジが入って格好良くなるか、「封印の獣」に仕えてるわけじゃない、と違う模様になる？

先はまだわかりませんが、とりあえず今はシーツや枕カバーに、各人色違いの白マークの刺繍が入りました。

そして同時発売ドラマＣＤ２！　６巻後書きでも触れましたが、声優さんが豪華！　そして、クランメンツとゲストキャラたちとの温度差が……ｗ　ゲストキャラの声だけ聞いていると、とてもシリアスなんですよ……っ！

この本も、ＣＤのジャケットも塩部様に素敵なイラストを描いていただいています。どちらもお楽しみいただければ嬉しいです。

ホムラ：とうとうブーメランパンツが活躍してしまうのか……。
ガラハド：やめろ
イーグル：触れないでくれるかい？
カミラ：愉快な道中だったようね？
カル：不肖の弟子が主に迷惑をかけるとは……。
ガラハド：あんたはなんでここにいるんだよ！
イーグル：本当に何故『雑貨屋』の店員……。
レーノ：カル殿は客あしらいも上手いですよ。
ホムラ：最初は住み込みの用心棒だったのだがな。カルもレーノも行列の客捌きから雑用まで手伝ってくれる。
カミラ：ランスロット様やドラゴニュートにそんなことさせるのは、ホムラくらいなものよね。他の異邦人の店は、可愛らしい店員さんが多いもの。
ホムラ：ラピスとノエルは可愛いのだが、確かに大男率の高い店ではあるな。
イーグル：過剰戦力だと思うんだが。
ガラハド：何と戦うんだ？　国？
ホムラ：物騒なことを。至って普通の『雑貨屋』だ！

令和5年吉日　じゃがバター

巻末おまけ コミカライズ第8話

▶ WE'VE STARTED A NEW GAME.

Presented by Jaga Butter

Illustration by Enishi Shiobe

第8話

時は少し遡り
ログインの朝──
キュイイイ…
お知らせします
特殊条件スキル取得の際
取得者本人に
取得条件の開示をするよう
仕様を変更いたしました
条件を他人から聞いて
取得した場合
スキル性能は
劣化したものとなります
また取得に世界の謎に
関わる条件がある場合
スキルの取得自体が
できなくなることが
ございます
また何か
自力で見つけろ系の
アナウンスか
聞いた聞かないは
何で判断
しているんだ?
ピッ
ピッ
MAIL
ペテロ
シン
おはよう。
買い物行ってくる。
バイザーさんに
嘘発見器の
効果とかあるの
だろうか
こわぃ

あれだけ溢れていたプレイヤーの姿や大型店舗がないからだろうか
フォスの街はファストよりもひなびて見えるな
ということはあれか
わー
わー
日本系の街のボスを初討伐したら
露天風呂を貸切にできる
カポン
初めて攻略組に入りたいと思ったぞ

白
おいで
温泉の欲望をもふもふに置き換えて昇華しよう
おはよう
もふもふ
もふり
お主今ろくなこと考えておらんじゃろ
キノセイデス
もふり
ここはフォスかの?
来たことがあるのか?
陶磁器が有名だと聞いたからティーセットを買おうと思ってな
今から工房区に行くところだ

白も自分のを選んでくれ
我もか
気に入った器で飲んだほうがいいだろう？
カップじゃなく皿のほうが飲みやすいならそっちでも…
ぴくん
どうした？
む……
？
………
コツ
コツ
会話が止まってしまった…

……そこを左にゆくのじゃ
ん？
ああ

無いのぅ
昔
知ってる店でも
あったのか？
…うむ

だが
エルフが代替わり
するような時が
人の身を
そのままに
するはずが
なかったのじゃ
あの女も
弟子を取るような
性格はしておらん
かったからの
どんな
食器だったんだ？
我は人の使う
器はようわからん
じゃが はじくと
きれいな音がしての
白地に緑がこれまた
きれいじゃった
……
買い物がてら
聞いてみるか
はじくときれいな音
ということは、
磁器だよな

このあたりに古い昔の磁器を扱う店はないか？
良いのはオークションさね！
だけど半端もんなら古物露店街にあると思うよ
古い食器や古着なんかを裕福でない人らが買うところさ
あんまり治安はよくないから行くなら気を付けな
ということでやって来たが…
本当にそれらしい雰囲気だな
現実世界なら近づかんがこの世界ならまあ平気だろう
気配察知さん大活躍

食器…
食器の店…
白地に緑の――
あれか？
ソーサーはないがデザイン違いの小皿ならあるな
くるっ

よかったな
白
白が相手を
想っているように
相手も白のことを
想っているぞ

このカップと小皿
ほしいんだが
多めに料金
払わせてくれ
ジャラ
えっ？
へい
そりゃどうも
しんみり
街を
見て歩くつもり
だったが
気分を変えたいな
まだフォスにあるだろう
クエストも気になるが
ファストも
まだ行っていない
ところがあるし
一旦戻ってみるか
神殿
シュパアァァァ
さきほど買った
あのマークの食器が
オークションで
怖い金額になっている
ことを知るのは
まだ先の話である
続きはコロナEXにてお楽しみ下さい！

次巻予告
最強の
人たらしに!?
神々からのレアな新居祝いが波乱を巻き起こす!?
ゲームの神に愛された者たちの無自覚最強ファンタジー第8巻!
発売決定!!!

称号【傾国】で
……主、いい匂い
なんだか気持ちいいです
お主なんだかいい匂いがせんか？
終生主に捧ぐことをお許し願いたい
新しいゲーム始めました。
WE'VE STARTED A NEW GAME.
じゃがバター
8
ILL. 塩部縁
Presented by Jaga Butter
Illustration by Enishi Shiobe

（宝島社刊）
『このライトノベルがすごい！2023』
単行本・ノベルズ部門
第1位
殿堂入り
詳しくは原作公式HPへ
tobooks.jp/booklove

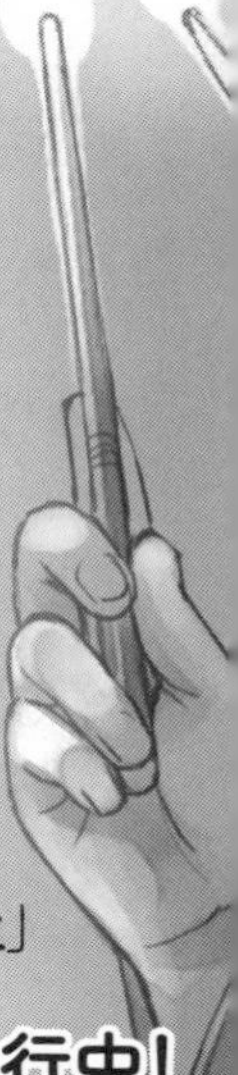

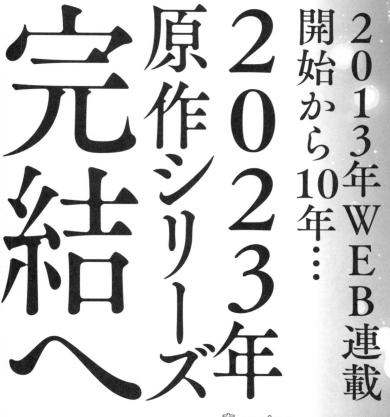

小説
第14巻
2023年 秋
発売！
シリーズ累計
120万部
突破！
（紙＋電子）
TVアニメ放送開始！
帝国物語
餅月 望——著
Gilse——イラスト
式HPへ！
原作HP
TVアニメHP

Comics
ティアムーン帝国物語
ティアムーン帝国物語
ティアムーン帝国物語
ティアムーン帝国物語
ティアムーン帝国物語
漫画：杜乃ミズ
コミックス
第7巻
2023年秋
発売!
2023年10月より
MBS・TOKYO MX・BS11にて
ティアムーン
断頭台から始まる、
姫の転生逆転ストーリー
詳しくは公

リーズ累計100万部突破!(紙+電子)

NOVELS

原作小説第24巻
2023年
7月10日発売!

寄宿士官学校の留学生——
異国の姫君が誘拐された!?
ペイスと学生たちによる
事件解決策とはいかに……?

※23巻カバー

イラスト：珠梨やすゆき

COMICS

漫画：飯田せりこ

コミックス1～9巻
好評発売中!

JUNIOR BUNKO

イラスト：kaworu

TOジュニア文庫第1～2巻
好評発売中!

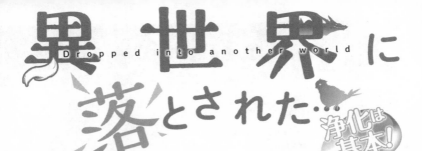

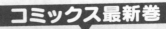

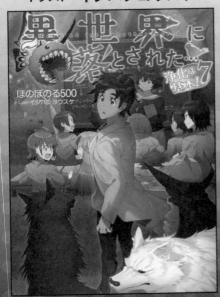

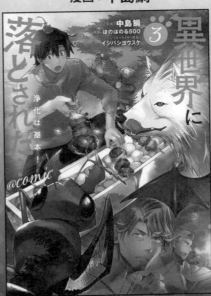

新しいゲーム始めました。～使命もないのに最強です？～ 7

2023年5月1日　第1刷発行

著　者　じゃがバター

編集協力　株式会社MARCOT

発行者　本田武市

発行所　TOブックス
〒150-0002
東京都渋谷区渋谷三丁目1番1号　PMO渋谷Ⅱ　11階
TEL 0120-933-772（営業フリーダイヤル）
FAX 050-3156-0508

印刷・製本　中央精版印刷株式会社

ISBN978-4-86699-817-6